An
Vivida

Einaudi

Einaudi. Stile Libero Big

Dello stesso autore nel catalogo Einaudi

Documenti, prego
Il metodo del dottor Fonseca

© 2021 Giulio Einaudi editore s.p.a., Torino

www.einaudi.it

ISBN 978-88-06-24905-2

Vivida mon amour

1.

Fin dal momento in cui la conobbi un pensiero prese a perseguitarmi e inutile fu ogni tentativo di liberarmene: che io fossi la femmina e lei il maschio. E mi serviva a poco controbattere a me stesso che il sembiante ci aveva destinato alle rispettive categorie di genere: io un uomo e lei una donna.

Cercai aiuto anche in Platone, nel suo *Simposio*. Non contemplava, o almeno mi pareva che non contemplasse, mezze misure di questo tipo, ibridi, equivoci siffatti nell'eterno rincorrersi del femminile e del maschile per ritrovare la primitiva completezza.

Tra l'altro beveva piú di me.

La incontrai una sera d'estate – correva il mese di luglio – durante una festa di laurea, ai tempi in cui il minaccioso «palloncino» era ancora di là da venire. Il cielo era blu cobalto, l'aria mite profumava di erba appena tagliata. Il privilegio di essere giovani dominava l'atmosfera. Il luogo, un paese sulla sponda opposta del lago. Io, quale medico fresco di laurea, non avevo ancora un lavoro fisso e per sbarcare il lunario facevo piccole sostituzioni qua e là.

Eravamo già belli brilli.

Per quanto riguardava me, avevo una sbronza che mi lasciava immaginare di poter ritornare a casa a nuoto,

come se andare da riva a riva fosse un gioco da ragazzi. Mi vedevo entrare in quelle acque tiepide come brodo, nuotavo lentamente... Mi pareva di sentire un rumore morbido, piacevole come musica per ambienti. Grazie all'alcol avevo una visione chiara di quel nuotatore solitario, armonioso, dalle solide spalle. Dentro di me seguivo il ritmo delle bracciate. La traversata non finiva mai, forse perché non riuscivo a immaginarmi sull'altra riva in mutande. Allora continuavo a nuotare con la fantasia, e continuavo a bere.
Anche lei.
Un bicchiere via l'altro.
Anzi, un flûte.
Di vino rosso.
Noblesse.
Per bere vino rosso in bicchieri che di solito ospitano champagne oppure bollicine bisognava avere un alto concetto di sé e discendere da nobili lombi. Fu la conclusione del mio ragionamento quando, dopo un bel venti minuti che la guardavo, mi resi conto che appunto la stavo guardando. Giacché anche lei si era accorta del mio sguardo un po' troppo fisso, cercai di dissimulare alzando il bicchiere e mormorando «salute». Così la vidi muovere i primi passi della sua vita verso di me.
Io stavo in piedi in quel momento. Animato da un movimento ondulatorio che sembrava volersi accodare alla musica che era nell'aria, ma in realtà dovuto a un principio di deragliamento del sistema vestibolare. In ogni caso sedetti per non dare l'impressione di aver abusato del buffet liquido. Peraltro non avrei dovuto preoccuparmene, poiché mentre lei si avvicinava la vidi sbandare un paio di volte; il suo bicchiere si piegò di lato perdendo almeno metà del contenuto. Per evitare ulteriori devia-

zioni dalla linea di marcia, dovette allargare il compasso, avanzando come se fosse reduce da una lunga cavalcata.

Il sorriso con il quale si presentò fu però regale. Ritta davanti a me chiese: – Sei da solo?

Una fiamma mi salí in viso.

Vergogna.

Davvero mi si leggeva in faccia che ero un solitario incapace di nascondere il proposito di guadagnarmi qualcosa oltre a una semplice sbronza, ormai un dato di fatto?

Cosa sarebbe stato meglio rispondere?

Optai per la verità.

– Sí.

Lei disse: – Meno male.

Gongolai, acceso da subitanee fantasie, ma fu questione di un attimo.

Subito sparò un'altra domanda.

– Che festa è questa?

Oh cazzo, pensai, un'imbucata! O portoghese, che dir si voglia. Non ricordo quale dei due termini le appiccicai.

– Lo sai o no? – insisté.

Certo che lo sapevo visto che non ero capitato lí per caso ma ero stato invitato.

– Festa di laurea, – comunicai.

– Bene, – fece lei, – sarà meglio che vada a fargli i complimenti.

E se fosse stata una donna? Questo mi chiesi mentre lei scompariva senza sapere chi fosse il neolaureato, che nome avesse, quale fosse il suo aspetto o se lo caratterizzasse un particolare qualsiasi utile a individuarlo.

Eppure, dopo una mezz'ora nel corso della quale proseguii a vuotare bicchieri con ammirevole regolarità, mi ricomparve davanti sottobraccio al festeggiato, entrambi a bagnomaria nel vino. Solo allora, grazie alla liberalità dell'ebbrezza, mi permisi di passare lo sguardo su tutto ciò che sosteneva il suo viso.

L'abito lungo, leggero, azzurro, cadeva sino alle caviglie coprendo un corpo piatto. Probabile che avessi piú tette io di lei. Un altro passo verso il pensiero accennato in avvio di racconto, e che di lí a poco avrebbe dominato le mie giornate grazie a una lunga serie di indizi che via via accumulai.

In ogni caso, sotto la stoffa si indovinavano leve slanciate e nervose che lasciavano presagire rincorse tanto estenuanti quanto inutili, e che finivano in due caviglie perfette, due malleoli rotondamente disegnati, i poli est e ovest della felicità.

Se uno può invaghirsi di una donna a partire dalle sue caviglie, be', fu da lí che iniziai io. Forse avrei dovuto fermarmi a quei malleoli. Non era scritto, tuttavia.

Obbedendo all'imperscrutabilità del destino rimasi seduto, sempre piú in balia di fantasie alcoliche, a guardare la perticona che si allontanava al braccio del neolaureato, l'uno sostegno dell'altra e con l'aria di essere amici, se non qualcosa di piú, di vecchia data. Come avesse fatto a irretirlo a tal punto e in cosí breve tempo era un mistero. D'altronde, ragionai, a me era bastato uno sguardo alle sue caviglie per restarne turbato.

Non mi mossi da dov'ero, e solo a ridosso dell'ora in cui il primo merlo dei dintorni avrebbe cominciato il saluto dell'alba prossima mi decisi per il ritorno a casa.

Cosí la rividi.

Sfatta.

Il vino rosso le aveva dipinto due labbra di analogo colore e procurato due occhiaie pari a vescicole ripiene di mosto. I globi oculari erano ridotti a due biglie invasate d'inferno.

Tra la magrezza e il vestito lungo – che appena qualche ora prima mi era sembrato piú che adatto per un'estiva festa di laurea – ebbi come l'impressione di trovarmi di fronte a una fuggitiva da qualche comunità protetta.
Pensò lei a fugare ogni imbarazzo.
– Sei di strada? – mi chiese.
Anche se fossi già stato coscientemente innamorato, avrei comunque opposto un rifiuto alla proposta di salire in auto con chiunque avesse perduto il conto dei bicchieri bevuti, come, era evidente, aveva fatto lei.
– Grazie, ho la macchina, – risposi.
– Appunto, mi accompagni.
Non usò toni interrogativi. Io piuttosto mi interrogai. Come diavolo c'era arrivata lí, e con chi?
– Dài, – riprese. Faticava a tenere dritta la testa. Di tanto in tanto le cadeva all'indietro e lei la riportava in asse con uno scatto, quasi per ricacciare un improvviso attacco di sonno.
Abbassai lo sguardo per ritrovare l'armonia del mondo nei suoi malleoli: per scusare lo stato in cui si trovava, oltre a ricordarmi della singolare propensione a bere vino rosso con aristocratica eleganza, le ascrissi lí per lí altre virtú che sarebbero emerse in condizioni di sobrietà. Mi sentii battere il cuore, uno sbuffo d'aria mi portò nei polmoni il suo profumo.
Bastò pochissimo per farmi rimpiangere a priori ciò che avrei perduto, se non avessi approfondito la conoscenza.
– Dove stai? – chiesi.
Me lo disse, direzione esattamente opposta a dove abitavo io.
A quel punto ritenni che fosse il momento di dirle come mi chiamavo e, seppur goffamente, le tesi la mano, gesto che avevo appreso durante il liceo e che praticavo anche con

le donne. Per tutta risposta lei girò le spalle, bofonchiando il suo nome in contemporanea all'improvviso ritorno di fiamma del vino ingerito, non lasciandomelo intendere e dirigendosi verso una Volvo come se non esistesse altra auto al mondo.

Con imbarazzo ne corressi la traiettoria verso una piú banale Peugeot di seconda mano, scarburata, e partimmo in direzione delle rispettive magioni.
Prima, ovvio, la sua.

Aveva la residenza in un paese sul quale stagnava un olezzo di stallatico che evocava georgiche letture. Imbarazzandomi al pensiero che lei, dentro quell'impalpabile afrore, ci stava immersa da mane a sera, cercai di nobilitare il lavoro dei campi con il ricorso ad alate immagini di improbabili fatiche, di corrusche disgrazie sempre pronte a rigettare nella miseria l'*homo agricolus*. La terra che dona i suoi frutti, insomma, e la dura lotta che l'uomo ha dovuto sostenere per padroneggiarla.
Lei...
È d'uopo, prima di proseguire nella cronaca, che segnali come da sempre io abbia avuto difficoltà, una sorta di enigmatico timore, nell'abituarmi a usare il nome proprio di una persona: quasi potessi violarne la privatezza, o quasi fossi inconsciamente convinto che solo dopo una certa frequentazione fosse lecito farne uso. Da qui il «lei» che uso tuttora nella narrazione per rispettare la sequenza dei fatti accaduti. Tanto piú che al momento, il nome, non lo avevo che orecchiato, percependolo vagamente tra le bolle di un piú che probabile reflusso gastrico.
Lei, dicevo, rispose che quella di cui celebravo con aperta convinzione il profumo era merda, e per quanto mi sforzas-

si di nobilitarla sempre merda restava. Che sano realismo!

Risi, e la fine grana del mio volo pindarico svaní, senza lasciarmi altra possibilità di riscattare la *vis* poetica, perché nel frattempo eravamo arrivati davanti a casa sua.

Scese, sbandando malamente.

Poi, prima di chiudere la porta con l'energia degna di un camionista, disse: – Fatti vedere.

Sbalordito, restai muto e la guardai allontanarsi con passo da cerebellare, prendendo mentalmente nota dell'indirizzo e di qualche particolare che avrebbe potuto aiutarmi a ritrovare il luogo. Quindi partii ingranando la terza e imballando ancora di piú la Peugeot.

Adesso toccava a me tornare a casa. Mi sentivo euforico, e il merito non era solo di quello che avevo bevuto.

2.

Io abitavo in una casa fronte lago, in stretta compagnia dei pesci cui tutte le sere offrivo un po' di avanzi della cena dal terrazzino che sporgeva sull'acqua. Li abituavo a mangiare lí, dopo aver promesso loro che un giorno o l'altro si sarebbero nutriti delle mie ceneri.

Vivevo solo, ma non ero orfano, tutt'altro. Ero figlio unico di due genitori stralunati che mi avevano avuto quando non erano piú giovanissimi. In causa di ciò mi avevano fatto una promessa: una volta laureato mi avrebbero lasciato unico proprietario della casa e di tutto ciò che conteneva mentre loro si sarebbero allontanati dal lago e dall'umidità che già da tempo aveva cominciato a erodere le loro articolazioni, segnatamente le maggiori, anche e ginocchia, per approdare a lidi piú caldi e consoni all'età. E l'avevano mantenuta, la promessa, all'istante.

Tra i tanti Paesi avevano scelto la Tunisia, dove con le rispettive pensioni potevano vivere da nababbi, mandandomi anche, a scadenze molto irregolari, qualche vaglia postale (avanzi piú che altro, *argent de poche*), e molto piú spesso cartoline di mari, deserti e beduini firmate mamma e papà, senza aggiungere altro. Questo per inquadrare la mia situazione all'epoca.

Ma, tornando a bomba, quella sera... quella mattina...

Quella volta, insomma, non avendo niente da gettare

ai pesci, mi limitai a fare la pipí, gesto di profonda intimità che solo a un profano può sembrare incuria o spregio della natura. Poi, presa una sedia, mi piazzai sul terrazzino in attesa che l'alba dalle rosee dita si completasse, riflettendo sull'accaduto e cercando di pensare con calma ai possibili sviluppi che l'inaspettato incontro della sera appena trascorsa avrebbe potuto avere.

Numerosi, pochi, nessuno?

Salendo, la luce dell'alba schiarí non solo il cielo e la cima della montagna di fronte, ma anche le mie idee. Gli ultimi fumi dell'alcol svanivano e io tornavo coi piedi per terra: ero ancora al palo.

Pura matematica constatativa.

Il conto era cosí composto.

C'eravamo ubriacati entrambi, lei piú di me.

Stavamo smaltendo entrambi, lei, probabilmente, piú in fretta di me.

Stavo sotto, come risultato finale, considerando anche il fatto che lei, con un colpo da gran dispensatrice di fascino, era arrivata come se fosse suo diritto prendere parte a feste anche senza essere invitata e se n'era andata in giro come se fosse la morosa del padrone di casa (il neolaureato: Giurisprudenza, figlio di notaio; la Volvo di cui sopra era il suo regalo per l'occasione).

Infine ero pronto a scommettere che dentro di sé non avesse mai covato il minimo dubbio di trovare qualcuno che la riportasse a casa, e ben contento dell'onore: io o un altro sarebbe stata la stessa cosa.

Però mi aveva detto: «Fatti vedere».

Quella frase mi sembrava l'unica voce positiva in un bilancio per il resto fallimentare.

Fatti vedere...

Per farmi vedere avrei dovuto farmi sentire.

Telefonare.
Sí.
E a che numero?
Qualche traccia l'avevo: avevo memorizzato il cognome sulla targhetta, e avevo una mezza... meno di mezza idea del suo nome.

Decisi che mi sarei concesso un sonnellino di un paio d'ore, quindi estesi la concessione sino a pomeriggio inoltrato. Poi, una volta sveglio, decisi di partire all'attacco della guida telefonica. Solo che non ne possedevo una. Ma non era un problema.

Il bar piú grande e bello del paese ne possedeva una discreta scelta, in particolare della regione. Con la sorridente gentilezza di chi sa che sta per chiedere un grosso favore, sottoposi al proprietario la mia richiesta.

Poteva prestarmi quella della nostra provincia per un po'?
– In che senso? – ribatté lui.
Nell'unico senso possibile.
– Lasciarmela portare a casa.
La mia ricerca doveva essere effettuata con tutta la calma necessaria, e nel silenzio.
– Non se ne parla, – fu la risposta.
Le guide erano lí e lí dovevano restare. Mettiamo, mi spiegò, che mentre io l'avevo da me fosse entrato un cliente con la necessità di consultarla.
Non capivo.
– Eh... – feci.
– Perdo una consumazione, no? – chiarí lui.
Il suo era un bar, mica un posto di telefono pubblico... cioè, era pure quello, ma la gente non lo sapeva. Quindi, se qualcuno aveva bisogno di una guida, prima si sentiva in obbligo di ordinare, magari anche solo un caffè, poi chiedeva. Era matematico, succedeva perfino quando il biso-

gno era quello di andare al cesso, una sorta di tassa per un servizio che lui non era obbligato a dare.
– Un caffè, – dissi.
Poi presi la guida e mi sedetti.
– Servizio al tavolo? – osservò il padrone.
È cosí che si fanno i soldi, stando attaccati alle dieci lire.
Dopo quasi un'ora ero ancora lí. Avevo passato in rassegna tutti gli abbonati che rispondevano allo stesso cognome, un vero reggimento. Ma ero incerto, molto incerto sulla via, e in piú non ricordavo il numero civico. Tant'è che a un certo punto il padrone del bar mi domandò se per caso stessi cercando di impararla a memoria, la guida. Non gli risposi. In quel momento, gli occhi chiusi, ero concentrato a rivedere la scena della sera prima isolandone ogni singolo frammento, e alla fine indirizzo e civico si precisarono. Trovai quello che cercavo. Non mi restava che tornare a casa. Anzi, meglio non correre rischi.
– Ce l'ha una penna e un pezzo di carta? – chiesi al padrone.
– Vuoi che ti faccia anche il numero? – ironizzò lui.
– No, grazie, – risposi, serio.
Ci mancava che qualcuno mi ascoltasse. Era una faccenda privata.

Il buon, vecchio telefono, quello con il disco rotante. Oggetto in cui l'inventore ha trasfuso saggezza. Perché ci vuole tempo per fare il numero, una cifra alla volta, ognuna che completa il tragitto sul disco in un tempo diverso. E durante quel tempo nascono un sacco di dubbi sull'utilità, sull'opportunità della telefonata, su cosa dire, su cosa rispondere, e si immaginano un ventaglio di possibilità: benefiche domande ti assediano convincendoti infine a temporeggiare e rimandare o a tirare dritto.

Decisi di agire, pur coltivando qualche incertezza.

Giunto al traguardo dell'ultima cifra, resistetti alla tentazione di mettere giú e attesi il segnale di libero. Poi sarebbe arrivato l'inevitabile: «Pronto?»

Oppure:

«Chi parla?»

O sennò:

«Sí?»

Fu invece un piú prosaico:

– Chi è?

Tono brusco, voce alta: forse avevo interrotto qualcosa di importante.

Non risposi, vale a dire che non declinai il mio nome.

– C'è Viviana? – replicai.

Nel mezzo dei borborigmi usciti dalla sua gola la sera prima avevo inteso qualcosa con delle V e Viviana mi era sembrato il nome piú probabile.

Invece.

– Qui non c'è nessuna Viviana, – sempre gridato.

E, *clic*! *Tutututu*...

Il dongiovanni che era in me subí un duro colpo: già poggiava i piedi su una base d'argilla fresca, figurarsi dopo l'esito di quella telefonata. Mi allontanai e fu la cornetta, ancora stretta in mano, a ricordarmi che dovevo posarla.

Amaramente considerai che la cosiddetta Viviana mi aveva preso per il culo. Aveva trovato il fesso che si era lasciato incantare dai suoi malleoli, ne aveva fatto il suo autista per una notte e l'aveva gratificato con un invito ingannatore, magari imbrogliandolo del tutto facendosi accompagnare davanti a una casa non sua. Forse si divertiva cosí.

Va be', morta lí.

Addio Viviana.
O come cazzo si chiamava.
A quel punto potevo ancora salvarmi.
Sennonché.
Le cronache dei giornali locali.
Dio le benedica!
Il pomodoro di cinque chili, il cetriolo di sette metri, la zucca di dieci tonnellate, le trote di otto metri, le prove di evacuazione all'ospizio, le gare delle polisportive, le gite sociali, i gemellaggi e le nonne che compiono milleduecento anni e vengono festeggiate da figli, nipoti, pronipoti, cani e gatti. Tutti intorno alla vecchina disorientata (per l'occasione la coiffeuse le ha rifatto i capelli) che non sa piú chi è, dov'è, perché e percome. I parenti sorridono, le fanno le carezze, le portano i cioccolatini che la suora nasconderà subito perché fanno male.

Anche la festeggiata sorride, perché glielo dicono. C'è la fotografia di gruppo da scattare che appunto comparirà sulla pagina della cronaca locale.

«Le fanno gli auguri tizio e caio».

Ogni nome citato una copia venduta.

C'era anche lei, pronipote della bisnonna.

Vivina, cosí era scritto.

La pronipote Vivina.

3.

Vivina, porco due, ma che cacchio di nome. E poi Vívina o Vivína? Va be', questione secondaria, l'avrei appurato. Adesso avevo il nome che mi era sfuggito, era lí, scritto sul giornale. La vidi mentre ero al bar della stazione, su una copia stazzonata, passata di mano in mano senza che nessuno notasse la gran notizia. Volai immediatamente in edicola a procurarmene una intonsa. Poi a casa per un'ispezione approfondita con tanto di lente d'ingrandimento caso mai mi fossi sbagliato.

Era proprio lei.

La bisnonna, impallata, pareva una mummia, uno spettro. I parenti tutti intorno erano della razza scarpe grosse e viso che non lascia ben sperare in un cervello fino. Oddio, nemmeno lei, la Vívina (o Vivína), aveva un'espressione che evocava intelligenza pronta e sorprendente. Forse pativa i postumi di qualche altra sbronza, oppure era colpa della foto, quel mettersi in posa e sorridere come fessi.

In ogni caso, con la nuova certezza in corpo, il nome finalmente conquistato, non temevo piú il telefono, perciò afferrai la cornetta e composi il numero.

– C'è... Vívina?

Riconobbi la voce, era la stessa della volta precedente, sempre brusca e alta. Anche un po' catarrale.

– Chi?

Dovetti ripetere, forse avevo sbagliato l'accento. Niente da fare.
– Che dice? – gridando com'è tipico dei sordi. Mi preparai a farlo anch'io, ma venni preceduto.
– Cerca mia figlia? – vociò quella.
Se Vívina (o Vivína) lo era, sí.
– Sí, – urlai.
– No, – la risposta, – non c'è!
Un ululato che comunque lasciava aperta una finestra, sempre che quella fosse la casa giusta.
Perché voleva dire che al momento non era lí, sottomano, per rispondere al telefono, ma prima o poi...
– Quando posso trovarla? – sempre sgolandomi.
– Piú tardi.
Tardi quanto?
Fra un'ora, due, tre?
Chiesi delucidazioni.
– Provi, – fu l'esasperata risposta.
E *clic*.
Manco mi aveva chiesto il nome.
Forse lo riteneva inutile perché era rassegnata a non capirlo?
O forse erano cosí tanti quelli che cercavano la Vívina (o Vivína) e i suoi malleoli che alla sorda sembrava superfluo indagare su chi ci fosse all'altro capo del filo?
Possibile che al mondo esistessero altri raffinatissimi come il sottoscritto capaci di innamorarsi di una donna a cominciare dai suoi malleoli?
Non sapevo cosa fare.
Continuare a provare, come mi aveva suggerito con sufficienza l'anonima che mi aveva risposto?
E ogni quanto?

Diobono, se almeno mi avesse dato un indizio, un mezzo suggerimento...

Era già la fine di un amore?, pensavo mentre ancora avevo la cornetta del telefono in mano. Quella volta, però, mi ricordai di deporla prima di allontanarmi dall'apparecchio.

Agosto cominciava.

Mai avuto una mente matematica, men che meno statistica.

Oggi, come allora, so che esiste una cosa definita calcolo delle probabilità. Piú o meno significa che ogni tanto un evento capita, che un certo numero del lotto prima o poi esce.

In sostanza bisogna avere un po' di culo.

Ora, per imbastire il mio personale calcolo delle probabilità, quali elementi avevo?

Nessuno, solo sperare nella fortuna, che fosse ben disposta nei miei confronti. Come la prof di Matematica e Fisica del liceo che, compatendomi, mi aveva sempre risparmiato l'esame di riparazione. Per distrarmi non trovai di meglio che riprendere in mano il giornale e guardare ancora la fotografia, i grossi nodi delle cravatte degli uomini, le gote arrossate delle donne, gli zigomi sporgenti del viso di lei... fantasticando sui malleoli.

Fu un rituale che ripetei per un numero infinito di volte mentre agosto continuava a snocciolare i suoi giorni. Ormai la foto era impressa nella mia mente, conoscevo a memoria posizioni, volti, nomi e il testo dell'articolo. Quando un tardo pomeriggio il telefono squillò.

Era lei.

– Sono io, – disse.

Compresi al volo. C'era lei sola al mondo, infatti; oltre a me, naturalmente.

– Vi...? – abbozzai nel timore di sbagliare il nome.
O la pronuncia.
Vívina oppure Vivína? Continuavo a non saperlo.
La sorda che mi aveva risposto non ci aveva fatto caso, figurarsi! Eppure era importante per me capire dove calare il maledetto accento: terzultima o penultima? Già mi veniva arduo usare il nome proprio, se poi lo avessi anche sbagliato...
Questione di lana caprina, comunque.
Perché lei troncò voce e ragionamento del sottoscritto, impaziente.
– Ci sei?
C'ero.
E poi: – Chi sei?
E poi: – Ah! – dopo che mi fui spiegato.
A quel punto mi aspettavo un: «Cosa vuoi?», recitato con un tono come se l'avessi svegliata, o se stesse mangiando e non ritenesse opportuno smettere di masticare per rispondermi. Anche se a chiamare era stata lei.
Invece riuscii a impormi con una domanda che sorse in me repentina.
Come diavolo aveva fatto a sapere il mio numero di telefono?
Semplice.
Il suo telefono aveva un display su cui comparivano i numeri delle chiamate. Sua madre li segnava sempre; glielo aveva chiesto lei perché, oltre alla sordità che le impediva di sentire chiaramente, soprattutto dalla cornetta, non poteva tenere a mente chi fosse quello o quell'altro.
O miei bei malleoli, ma in quanti ti chiamano?
– Cosa vuoi?
La domanda, simpatica come un boccone troppo grosso, infine arrivò.

Proprio mentre stavo organizzando una frase ispirata al vocabolario del perfetto gentiluomo, un giro di parole per dirle che mi sarebbe piaciuto uscire con lei. Mi sentii costretto ad andare via liscio.
– Uscire, – concentrai.
– Con me?
Mi tornò in mente la foto del giornale, la sua espressione un po' tonta sulla quale avevo sorvolato pensando ai malleoli.
Ma con chi diavolo pensava volessi uscire, se l'avevo appena chiesto a lei?
Come replicare?
Usando un po' di ironia?
Scartai l'idea ripensando alla foto e cercando di scacciare, senza riuscirvi, il pensiero che a tanta bellezza di malleolo non corrispondesse altrettanta rapidità neuronale.
Risposi l'evidenza.
– Con te.
– Ah.
Lasciò passare alcuni istanti durante i quali immaginai che stesse scorrendo un poderoso carnet per verificare gli appuntamenti già presi.
Quindi mi concesse di passare a prenderla tre sere dopo, verso le setteemmezzaotto.
Il che implicava che avrei dovuto portarla a cena.

4.

Mai giocare con i bambini, soprattutto se sono i fratellini viziati e con la faccia da sberle della donna che hai messo nel mirino.

L'odore di merda stazionava a un discreto livello anche intorno alla casa.
Dentro c'erano tentativi di combatterlo, o quantomeno ignorarlo, con un sacco di fiori che spuntavano dappertutto, a sottolineare il fatto, scoperto da non piú di un paio di minuti, che la sua famiglia aveva appunto un import-export di fiori e piante varie. A spiegarmelo fu una specie di Nonna Abelarda che mi venne ad aprire. D'istinto il mio sguardo si abbassò per verificare se da lei la mia bella avesse ereditato gli alati malleoli. Ma calzava stivali da orto, verdi, di gomma e non propriamente lindi. Dalla voce capii che doveva aver risposto a un paio delle mie telefonate. La mamma. Mi lasciò entrare e mi accompagnò lungo un corridoio per poi farmi accomodare in cucina. Nel frattempo, senza che le avessi chiesto nulla, aveva cominciato a parlare, o meglio a gridare (confermando cosí di essere parecchio sorda), come una guida che deve rivolgersi a un folto gruppo di turisti. Sembrava avesse un megafono applicato alle corde vocali.
In sostanza s'era fatta da sé, era lei l'anima dell'attuale fortuna. Aveva cominciato con quattro margheritone e

aveva finito con quattro miliardi di lire in banca. Gli inizi, il duro lavoro, i rischi, le notti insonni soprattutto da quando era rimasta vedova, giacché il marito era morto schiacciato sotto un trattore, lasciandola con una figlia e un bambino poco piú che neonato. Da quel momento di uomini non ne aveva piú voluto sapere, disse, ma io sospettavo che fossero stati gli uomini a tenersi alla larga. Ogni riga che aveva in faccia corrispondeva a una preoccupazione, a un pensiero: lei sola a creare l'azienda e ad allevare la famiglia. La ascoltai, distraendomi piú volte con la vista delle sue unghie nere, come listate a lutto, cogliendo nel suo sproloquiare parole di pura invenzione, tradotte dal dialetto in un italiano immaginifico. I minuti intanto passavano e la Nonna Abelarda era tornata alla faccenda dei quattro miliardi tondi tondi in banca, che erano una sicurezza ma – l'indice si levò in aria – nonostante quel po' po' di soldi lei continuava a non fare credito a nessuno. Pagamento sull'unghia (listata a lutto).

Cominciavo ad averne un po' piena l'anima di quella storia, però badavo bene a mostrare interesse con misurati cenni di assenso e qualche parolina ammirata. Ma dov'era lei?

Me lo chiesi e comparve alla porta della cucina.

Dissi ciao.

– Già qui? – rispose lei.

Va be', ero in anticipo di dieci minuti, mica una tragedia.

– Io non sono ancora pronta.

Anche la bisnonna rimbambita della foto, quella festeggiata all'ospizio, lo avrebbe compreso: indossava una camicia a quadri stinta, calzava pure lei stivali di gomma e alle mani aveva guanti da giardiniere.

– Ho la mania delle orchidee, – si spiegò.

– Come Nero Wolfe.

– Chi?
Lasciai perdere. Non solo Nero Wolfe: tutto l'armamentario poetico-letterario-narrativo che mi ero ripassato per far colpo.
Intanto stavo ancora in piedi dentro la cucina.
– Mi aspetti? – disse.
Era una domanda da fare? Non risposi, infatti.
– Vado a cambiarmi, – comunicò. – Torno fra un po'.
Anche Nonna Abelarda se ne andò, senza però dire altro o salutare. Cosí restai solo.
Fu questione di pochi istanti perché arrivò quella testa di cazzo del fratello della mia bella, il neonato di un tempo che intanto s'era fatto grandicello e stronzo.

Calcolai che potesse avere un dieci anni. Indossava braghette corte, una maglietta a strisce orizzontali. Il viso aveva i tratti grossolani di Nonna Abelarda: la bellezza, in casa, l'aveva evidentemente portata il genitore defunto. Le mani in tasca, mi si fece sotto con un'espressione che ricordava certi monelli da fumetto.
– Cosa fai qui in casa mia? – fu la sua prima domanda.
Risposi correttamente.
– Aspetto tua sorella.
– Perché aspetti mia sorella?
– Dobbiamo uscire.
– Perché dovete uscire?
– Per fare un giro.
– Allora vengo anch'io.
Avevo sentito bene o no? Sorrisi affettuosamente.
– Sei troppo piccolo per andare in giro alla sera.
– Io faccio quello che voglio, – scandí lui, allargando le gambe e continuando a guardarmi da sotto in su.
– Scommetto che la mamma non ti lascerebbe.

– La mamma non bisogna disturbarla, è andata a dormire.
Con le galline, insomma. Mi venne da ridere al pensiero della miliardaria dei fiori appollaiata da qualche parte come un pennuto.
– Perché ridi? – chiese il deficiente.
– Cazzi miei, – mi uscí spontaneo, brutale.
Fu un grosso errore.
Per tutta risposta il piccoletto dapprima divenne rosso come una ciliegia matura, poi cominciò a piangere e a strillare come se gli avessi fatto chissà cosa.
Tentai di calmarlo. La mamma, gli ricordai, non andava disturbata. Altro errore, averglielo ricordato. Subito cominciò a gridare: – Mamma, mamma!
– Ma vuoi stare zitto, – mormorai.
Niente da fare, ero convinto che sotto i miei occhi si stesse svolgendo una vera e propria crisi isterica quando notai che, nonostante le lacrime, gli strilli, il rossore, sul viso del piccoletto campeggiava un sorriso maligno di sfida.
Adesso avrei visto quello che sarebbe successo, sembrava volermi dire.
Che potevo fare? Ogni tentativo di farlo smettere sortiva l'effetto contrario. Non avevo armi per calmarlo.
Ci avrebbe pensato sua sorella, mi augurai. E non sarebbe stato male se fosse arrivata quanto prima; mi meravigliai che non si fosse già precipitata lí, attirata dagli strepiti.
Due minuti ancora e finalmente arrivò.
– Cosa è successo? – chiese.
Ma con una calma che mi stupí, e soprattutto guardando solo me.
– Niente.
Risposta sbagliata, arguii dai suoi occhi.
– Cosa gli hai fatto? – incalzò.
Ribadii.

– Niente.
– Impossibile.
– Giuro.
– Qualcosa che l'ha innervosito deve essere successo.

Ecco, il piccoletto era debole di nervi. Forse l'essere nato e cresciuto respirando l'odore di stallatico che permeava l'aria del luogo lo aveva intossicato.

– Io, – insistetti, – non gli ho fatto niente, piuttosto...

Ma mi bloccai, non riuscii a proseguire, rimasi a bocca aperta. Impegnato com'ero a difendermi da un crimine che non avevo commesso, non mi ero accorto di avere sotto gli occhi un'altra Vívina (o Vivína).

Uno splendore, un fiore.

Stante l'attività di famiglia e la mia scarsissima cultura in quel campo, il pensiero corse a un tulipano. Nell'arco di una ventina di minuti si era trasformata da personaggio del calendario di Frate Indovino a callipigia regina di una rivista di moda. Non mi sfuggí, infatti, che aveva anche un bel culetto.

In ogni caso tornai repentinamente all'origine della mia passione, i suoi malleoli, e alla necessità di difendermi dalle accuse inventate dal piccolo campione di perfidia.

– E adesso? – chiese lei.

E adesso cosa?

Perché, «e adesso?», fu la mia legittima domanda.

Per quanto mi riguardava, il fratellino poteva proseguire a piangere sino alla disidratazione, non vedevo l'ora di uscire e di dare il via al corteggiamento.

Per tutta risposta le braccia della mia divina si allungarono lungo i fianchi, un chiaro gesto di scoramento cui seguirono le spiegazioni. La colpa era mia perché ero arrivato in anticipo. Fossi stato puntuale il fratellino sarebbe stato già a letto e non me lo sarei trovato tra i piedi. Or-

mai però era fatta. Quindi la sua domanda «e adesso?» era piú che legittima. Il bambino infatti non si sarebbe calmato a meno di ricorrere a un sistema ben collaudato.
– Sarebbe a dire? – chiesi.
Non mi rispose subito.
– Se vuoi andare, vai pure, – disse prima. – Se vuoi restare, resta.
Insomma, facessi quello che mi pareva. La serata, se ancora non lo avevo compreso, era compromessa. La cenetta rinviata, la fame passata. Toccava piuttosto calmare il piccolo isterico facendogli vedere uno o anche due film di Charlot. Il metodo era quello.

Charlot?
A me non è mai piaciuto. Comunque scelsi di restare, sperando nel fatto che la mia bella avrebbe tenuto in conto un simile sacrificio, che si quantificò in ben due visioni de *Il monello*. La proiezione, che sorbimmo su un divano ricoperto da un telo di plastica, si tenne nel salotto di casa, sorta di mausoleo arredato da mobili dall'aria pesante, severa, in uno dei quali era incastrato un videoregistratore. Era un locale in cui regnava un sentore di estraneità, come se le stesse pareti si meravigliassero di vederci qualcuno dentro. Durante la prima proiezione rise solo il piccoletto. Erano risate dal suono scimmiesco e nemmeno ben coordinate rispetto alle immagini che scorrevano sullo schermo: talvolta in anticipo, piú spesso in ritardo, tanto da far pensare che il ragazzino avesse qualche problema a connettersi con la realtà. Fu lui a imporre la seconda passata. Bastò una sola parola.
– Ancora.
E stavolta anche la mia divina si lasciò andare alla risata, sottolineando correttamente le scene comiche del film.

Mancavo io. E infatti, a un certo punto, proprio lei me lo fece notare.
– Ma non ti piace? – chiese.
Dico, si poteva fare una domanda piú crudele di quella? Avessi seguito l'istinto avrei espresso quello che pensavo di Charlot, oppure le avrei dato della cretina mandando tutto all'aria. In fin dei conti qualche ragione l'avevo, avremmo dovuto essere a cena, in quel momento, e invece eravamo su un divano con l'impermeabile, per di piú divisi dal piccoletto seduto in mezzo. Ma mi contenni e optai per una risposta neutrale.
– Non l'avevo mai visto.
– Secondo me è stupendo, – replicò lei. Sembrava aspettare che condividessi la sua opinione, ma un rigurgito di dignità mi impedí di inchinarmi ovinamente.
Abbozzai un gesto col capo lasciandola libera di interpretarlo a suo piacimento e attesi la fine del film, sperando nella possibilità di scambiare almeno quattro chiacchiere da soli. Invece la carognetta se ne uscí con la proposta di ricominciare una terza volta, anche solo qualche minuto. La mano di lei era già sul telecomando e io ebbi un singulto: non avrei piú retto nemmeno i titoli di apertura. Col tono dello sconfitto dissi che per me s'era fatta l'ora di tornare a casa; nel silenzio che seguí la mia affermazione vidi scorrere la parola fine, una croce piantata sulle mie speranze. Ma i miracoli accadono. Con il telecomando in mano, mentre il piccoletto le chiedeva perché non si decidesse a far ripartire il film, lei mi lanciò un salvagente.
– Quand'è che ci vediamo?
Fu l'inattesa dolcezza nella voce a spiazzarmi, tanto che faticai a trovare una pronta risposta e le lasciai, come già era accaduto, il diritto di decidere per entrambi.
– Domani?

Non me lo stava chiedendo: il tono, seppur vagamente interrogativo, prevedeva un'unica risposta.

Domani... bofonchiai tra me, domani...

Sembra facile!

Domani.

E la macchina?

Come potevo essere certo di averla a disposizione?

Già perché la macchina io non la possedevo, quella con cui l'avevo riaccompagnata a casa mica era mia.

Me la prestava un amico disponibilissimo quando poteva a soccorrermi in varie situazioni, ma taccagno e anche un po' zozzone.

Taccagno.

Mi consegnava l'auto con il serbatoio praticamente vuoto. E io, non sapendo quanti chilometri mi aspettavano, e onde evitare l'incubo di restare a secco, magari di notte, a svariati chilometri da casa, facevo sempre il pieno a costo di dolorose economie. Il piú delle volte finiva che la riconsegnavo con il serbatoio ancora colmo per tre quarti.

«Quasi quasi te la presto tutte le sere», mi diceva spesso l'amico, senza che mai lo sfiorasse l'ala della generosità e senza tener conto del credito da me accumulato.

E zozzone.

Non nel senso prosaico del termine, vale a dire maiale.

Disordinato, piuttosto, incurante delle sue cose.

Della sua macchina, soprattutto, che nel giro di poche ore riduceva a immondezzaio con insuperabile abilità.

Mozziconi di sigaretta, cenere, bottigliette d'acqua vuote, semipiene, piene, lattine, carte di caramelle, brandelli della «Gazzetta dello Sport», sassolini, foglie, odori di trattoria, ricevute fiscali e non, pubblicità sottratte alla cassetta della posta per essere destinate al sedile posteriore, ditate sui vetri eccetera.

Da antologia, una volta, fu scoprire sotto il sedile dell'autista una crescita vegetale, frutto della rottura di una bustina di semi d'insalata che avevano trovato un ambiente ideale nell'umidità del tappetino.

Perciò, oltre a svenarmi per il pieno, mi toccava passare del tempo a ridare dignità alla vettura cosicché potesse accogliere l'ospite, quale che fosse, e che all'epoca di questi fatti doveva scarrozzare malleoli di rara fattura.

Domani quindi no, impossibile.

Dovevo in prima istanza controllare – ed eventualmente trovare il modo di rimpolpare – il capitale, quindi fare una nuova domanda per il prestito della macchina – la seconda in due giorni – e infine mettere in conto le solite grandi pulizie (anche se, da questo punto di vista, il tempo ridotto in cui la vettura sarebbe rimasta nelle mani del legittimo proprietario costituiva un vantaggio).

– Dopodomani? – azzardai sperando quasi che rispondesse no in modo da guadagnare altro tempo.

– Sentiamoci, però, – rispose.

Veleno puro, giusto perché stessi in ansia.

Cosa potevo replicare?

– D'accordo, sentiamoci.

5.

La prima cosa che feci fu garantirmi la macchina. Raramente il mio sodale la usava di sera, ma non si poteva mai sapere. Poi passai in rassegna le finanze di cui disponevo e non potei che tremare a un ben preciso pensiero: la cena in quale ristorante l'avremmo consumata? Io mica ne conoscevo, invece ero pronto a scommettere che lei fosse un'esperta. Ergo, e qui di scommettere non c'era bisogno, lei avrebbe scelto il locale e io avrei pagato il conto. Se quanto avevo in tasca si fosse dimostrato insufficiente? Poi c'era l'incognita del moccioso, una mina vagante, che avrebbe potuto mettersi di mezzo inventandosi chissà cosa; lo avevo visto una sola volta, eppure lo ritenevo in grado di qualunque malignità.

Furono dunque ore cariche d'ansia quelle che seguirono alla serata Charlot. Un'altalena, tra il timore che qualcosa provocasse il rinvio dell'appuntamento e la paura che le mie stitiche economie mi mettessero in grave imbarazzo, svergognandomi davanti agli occhi della mia adorata.

Invece fu proprio lei a salvarmi.

Quando le telefonai per avere conferma dell'appuntamento mi disse che sarebbe stata libera solo dopo cena.

Mi andava bene?

Se mi andava bene?

Ebbi l'impressione che il mio portafoglio si riempisse all'improvviso. Con i soldi che restavano lí dentro avrei potuto largheggiare.

Non lasciai trasparire la soddisfazione per l'insperato colpo di fortuna. Anzi, sbuffai il dispiacere nella cornetta aggiungendo che, comunque, l'occasione per rifarsi non sarebbe mancata.
– Certo, – approvò lei. – Per questa volta ci andiamo a bere un caffè e poi via!
Via!
Come lo disse! Come se non nella cornetta, ma direttamente nel mio orecchio (il destro in quel frangente) lo avesse sussurrato.
Come se dovessimo partire per una vacanza senza ritorno, come se avesse già capito le mie intenzioni e avesse parlato con i malleoli e non con la bocca. Fu un momento in cui mi illusi di aver fatto un deciso passo avanti e avrei gradito chiacchierare un paio di minuti giusto per confermarmi che non mi stavo inventando niente. Ma lei aveva da fare e io... Io invece dovevo attendere le cinque del pomeriggio, ora in cui il mio socio tornava dal lavoro, e saltare addosso alla sua macchina per lustrarla da cima a fondo.
Partii da casa mentre gli ultimi raggi del sole svanivano dietro la montagna e mantenni per tutto il tragitto una velocità moderata. Non pensavo a risparmiare benzina, avevo fatto il solito pieno, ma a raggiungere la sua casa in quello che ritenevo essere l'orario classico del dopocena domestico, le otto.
Il mio calcolo si rivelò esatto. Tuttavia non appena lei salí in macchina, dentro la quale suonato il campanello mi ero subitamente rintanato, onde scongiurare il rischio di incappare nel moccioso, capii. Il mio olfatto lo colse al volo. Aglio! Qualunque piatto la mia bella avesse mangiato, conteneva dell'aglio.
Cazzo che delusione!

Perché se una persona si prepara a baciare o a lasciarsi baciare non mangia certo aglio. In meno di un minuto l'abitacolo della macchina ne fu saturo, e non eravamo ancora partiti. Stavamo decidendo dove andare, o meglio lei stava elencando una serie di locali dove passare la serata. Infine scelse.

Io abbassai il finestrino di due dita e partii.

In tutta onestà, aglio o no, da parte mia l'avrei comunque baciata, se me ne fosse capitata l'occasione, se me lo avesse concesso.

Appunto, se.

Ci attendeva un locale di cui molto si parlava (cioè lei disse cosí, io mai sentito), aperto da un paio di mesi, che in virtú della novità attirava l'ira di dio di gente. Sarebbe durato poco, un paio di stagioni, per poi chiudere lasciando dietro sé ricordi di memorabili serate e altrettanto memorabili incazzature.

A me le seconde.

Lo raggiungemmo dopo tre quarti d'ora nel corso dei quali riuscii ad abbassare il finestrino di un altro paio di dita senza provocare proteste e raccontando di me, degli studi fatti, della speranza di ottenere un lavoro fisso al posto delle piccole, talvolta piccolissime sostituzioni di questo o quel collega... Ogni argomento era buono per impedire a lei di parlare e sfiatare aglio. Di tanto in tanto, però, emetteva lunghi sospiri, o sbuffi, come se le mie chiacchiere l'annoiassero, e cosí la saturazione dell'aria tornava ai livelli di partenza.

Se devo dare un nome a quel locale lo chiamerò *Suonala ancora Sam*, poiché ne ho un ricordo in bianco e nero. Come si chiama davvero l'ho cancellato dalla memoria. Era piccolo, buio, affollatissimo. C'erano due gnocche che ser-

vivano al banco, dotate di un paio di tette esplosive e di una conoscenza dei verbi che non andava oltre l'infinito presente. Subito, appena entrati, fu chiaro che di trovare posto non c'era possibilità alcuna. Lei salutò in giro come se fosse cliente abituale, mi sembrò di rivederla la sera della festa di laurea, a suo agio comunque e dovunque.
— Ci sediamo? — chiese dopo un po'.
— Per terra? — mi informai. La seratina romantica cominciava proprio bene.

Non c'era nemmeno lo spazio per muoversi.

Alla mia osservazione piuttosto scazzata nemmeno rispose. Invece fendette la folla che si aprí miracolosamente davanti a lei, e altrettanto miracolosamente comparve un tavolino.

Occupato.

Per un breve istante godetti nel vedere sconfitta la sicurezza della mia bella. E che cazzo, ci voleva ben qualcosa capace di riportarla coi piedi per terra, cosicché si rendesse conto dell'esistenza di altri, con pari diritti, che calpestavano il suo stesso suolo.

Fu un breve istante, però e purtroppo. Perché l'occupante del tavolino, vedendola, allargò la bocca in un sorriso e con un'uscita degna del piú navigato dei viveur disse: — Ciao Vivi, anche tu da queste parti —. Poi con un palese gesto della mano la invitò ad accomodarsi.

E il cagnolino, adesso?

Fiutai l'uomo che avevo di fronte e in un istante ne tracciai l'identikit.

Apparteneva alla razza degli uomini contenti di sé. Probabilmente *nati* contenti. Ovunque siedano lo fanno un po' di sbieco e con un gomito appoggiato sullo schienale della sedia che hanno accanto. Guidano anche cosí. Sono di famiglia benestante. Hanno larga disponibilità di denaro contante che tengono sciolto in tasca. Sono bellocci, il loro viso ha tratti forti e tradisce lontane origini di montagna. Il genere d'uomo che saluta tutti. Anzi, sono tutti a salutare lui, e con una certa spruzzatina di complicità, come se assieme avessero combinato chissà cosa.

La invitò a sedere al tavolo, dicevo, dopodiché toccò a lei invitare me a fare lo stesso. Cominciarono a parlare e andarono avanti cosí per quasi un'ora, durante la quale io rimuginai sul confidenziale diminutivo con cui l'aveva salutata.

Elencarono amici comuni, posti, situazioni. Risero di questo e di quella, della volta che e della sera in cui.

Io non mi ero presentato, e nemmeno lui si presentò a me.

Nel corso di quella conversazione a due – col morto – Vívina (o Vivína) mi lanciò una manciata di occhiate di difficile interpretazione: a tratti mi sembrò che volesse dirmi di pazientare ancora per un poco, poi saremmo ritornati a essere noi due soli sulla faccia della Terra; a volte, invece, mi sembrò gemere stupore per la mia evidente indifferenza ai loro racconti gonfi di occasioni memorabili. Mi sfiorò anche il dubbio che si fosse dimenticata di essere uscita con me.

In ogni caso, riguardo a tutto ciò che udii mi parve che, al di là di un severo numero di cene culminate in sbronze colossali e resoconti di corteggiamenti finiti in burletta, non ci fosse niente degno di posterità. Su entrambi gli argomenti avrei potuto dire la mia, ma tacqui pazientemente, anche perché era difficile interloquire nel fitto parlottare dei due. Finché una delle tettorute del bar approdò al tavolo per chiedere se volessimo bere qualcosa, raffinatissima cortesia per un cliente di riguardo come doveva essere il dandy che ci aveva ospitato, giacché per conquistare una qualsivoglia bevanda il resto della sudaticcia clientela doveva fare la fila e

usare i gomiti. Con una lentezza esasperante la bellona, che aveva una gonna grande quanto il mio fazzoletto, trascrisse l'ordine – tenerlo a mente doveva costarle troppo impegno – poi si girò con una sculettata e tornò al banco a preparare i due cocktail di cui aveva preso nota.
Due.
Chi pensa che ci sia un errore è in errore.
Il viveur, infatti, dimostrando profonda conoscenza delle buone maniere, aveva dapprima chiesto a Vívina (o Vivina) cosa desiderasse, quindi, come se la faccenda gli importasse poco oppure fosse troppo stanco per pensare, aveva dichiarato che avrebbe preso la stessa cosa. Nessuno dei due s'era ricordato del terzo incomodo. E nemmeno l'esuberante cameriera aveva preso in considerazione la mia sete.
A quel punto decisi che ne avevo abbastanza e aprii la bocca.
– Vado al cesso, – dissi.
Ma avrei potuto annunciare la decisione di impiccarmi all'istante, il risultato sarebbe stato analogo.

La pipí mi scappava davvero.
Solo che nel cesso, le cui dimensioni erano quelle di un ascensore di condominio popolare, c'erano due che stavano limonando e si strusciavano l'uno contro l'altra. Richiusi la porta e ragionai.
Si sa come va quando uno comincia a pensare che deve fare la pipí. La necessità monta rapidamente avvicinandosi sempre di piú alla fatale sconfitta dell'incontinenza. Non mi restava che uscire, cosa che feci, beneficiando dell'aria fresca della notte. Scelsi un albero adeguato, procedetti al bisogno dopodiché, ad alta voce, dissi: – Vaffanculo.

Quindi salii in macchina e feci vela verso qualche luogo che oggi mi sarebbe difficile individuare. Nel cruscotto trovai una cassetta dei Rolling Stones e la musica contribuí a rinfocolare il mio spirito di ribellione.

Vaffanculo tutto, quel locale, il dandy e anche Vivi.

Che si facesse riaccompagnare a casa da quello o da qualcun altro. Che ci tornasse a piedi, che non ci tornasse piú.

Cazzi suoi, non mi interessava niente. Non era vero, ma in quel momento ci credevo.

Guidai per qualche ora.

La canzone *Waiting on a Friend* ascoltata e riascoltata potrei cantarla anche adesso.

Come da accordi lasciai la macchina sotto casa del mio sodale. Il serbatoio era quasi vuoto. Il giorno seguente, non senza una nota di delusione, mi fece i complimenti per la notte da favola che secondo la sua fantasia e il calcolo dei chilometri fatti avevo trascorso.

– Bravo, – disse. – È cosí che si fa.

Sorvolai.

6.

Non ci fossero stati i telefoni, probabilmente tutto sarebbe finito quella sera.

Quando uno è in attesa di una notizia, soprattutto se spera sia buona, ogni squillo lo fa sussultare e nel breve arco di tempo che lo separa dall'alzare la cornetta vive una condizione sospesa dentro la quale accade tutto e il contrario di tutto. C'è anche chi tende a forzare il destino anticipandolo, e anziché aspettare la telefonata la esegue. Ma gli dèi non gradiscono chi mette loro fretta.

Poiché da sempre temevo i cani alati di Zeus, resistetti alla tentazione di chiamare Vívina (o Vivína) per domandarle ragione del suo grossolano comportamento: toccava a lei telefonarmi e chiedermi scusa. Colpevole inoltre, come avrebbe dovuto sentirsi, mi aspettavo da lei tenerezza in grazia della pazienza e della fedeltà che ero intenzionato a dimostrarle.

Restai in casa l'intera giornata. Passò il postino con la solita cartolina dalla Tunisia.

– Genere desertico, – disse prima di consegnarmela. Il testo, al solito, succinto: «Mamma e papà».

Piú tardi tre, quattro telefonate mi fecero trasalire, ma al mio «Pronto!» non seguí la voce che aspettavo.

Una mia zia, per parte di madre, noiosa e per fortuna distante un centinaio di chilometri, che voleva notizie di sua sorella visto che non ne aveva da un po'. – Solo qualche cartolina, – si lamentò con l'intenzione di attaccare una geremiade su un comportamento cosí distaccato. La liquidai dicendo che finché arrivavano cartoline era segno che sua sorella stava bene. E anche suo marito, mio padre.

Poi fu la volta di un collega che mi chiese un paio di giorni di sostituzione, una vera cuccagna.

Toccò infine a uno che aveva sbagliato numero e subito dopo sbagliò di nuovo, ma riconoscendo la mia voce riattaccò all'istante.

Col passare delle ore mi illanguidii; della rabbia provata solo poche ore prima non c'era ormai piú traccia. Affrontai un pomeriggio caldo, silenzioso e sonnolento, e verso sera accarezzai anche la fantasia che lei mi avesse telefonato ma, per un maligno destino, l'avesse fatto proprio in coincidenza con quelle poche chiamate che avevo ricevuto, trovando occupato. Ergo, adesso era ancora piú impaziente di parlarmi e probabilmente aveva deciso di farlo nelle ore piú acconce alla riconciliazione tra due amanti, quelle notturne. Restai in attesa a tiro di cornetta, l'eccitazione teneva alla larga il sonno. Era molto tardi quando cedetti, piú che alla stanchezza alla delusione, e decisi di mettermi a letto.

Naturalmente sognai, e il sogno non poteva essere altro che lo squillo di un telefono.

Non era un sogno. Il telefono squillava davvero, ma erano le sei del mattino, e la voce all'altro capo del filo era talmente roca che all'inizio mi disorientò.

– Ma dove cazzo sei finito l'altra sera?
Cosí, di botto.
– Io?
– No, mio nonno!
– Ascolta...

– No, ascoltami tu. Ti abbiamo cercato dappertutto...
Ti.
– ... volevamo andare in un altro posto, lí c'era troppo bordello...
Ma va'? Non me n'ero accorto.
– ... ci è venuta anche la paura che fossi stato male...
Ci.
– Almeno avvisare.
Certo, come no.
– Ma mi ascolti?
– Sono qui.
– Ecco, ieri ero troppo incazzata per chiamarti, però la prossima volta...
La prossima volta?
Ma si stava ascoltando?
Stava scherzando?
– ... cerca di ricordarti che al mondo ci sono anche gli altri, non ci sei solo tu.
Restai senza parole.
Dovevo fare qualcosa, reagire, non potevo subire un'accusa tanto ingiusta senza difendermi, e al telefono lei mi mordeva le frasi. Volevo avere il tempo di farle un bel discorsetto. C'era un solo modo.
– Non possiamo vederci? – buttai lí.
– Quando?
– Adesso.
– Lo sai o no che sono le sei del mattino?
– Abbiamo lo stesso fuso orario, – le feci notare.
Tuttavia, visto che era bella sveglia e io pure...
Provai a patteggiare.
– Fra un paio d'ore, allora. Ci prendiamo un caffè assieme...
– Ma che caffè!

Lei adesso andava a dormire.
Alle sei della mattina?
– Sí.
Era appena rientrata.
Compris?
Dov'era stata, con chi, a fare che.
Tutta la mia gelosia si concretizzò in una parola.
– Buonanotte.
Lei capí, ne fui certo.
Si concesse.
– Fatti sentire.
Io, fesso.
– Quando?
– Buonanotte, – a sua volta.

Il dandy.
Inutile cercare di sfuggire alla verità.
Il dandy se l'era presa e me l'aveva portata via senza nemmeno dover combattere. Colpa mia che gli avevo lasciato campo libero. D'altra parte, con che armi avrei potuto affrontarlo? Ancora con la cornetta in mano valutai la situazione cercando di essere obbiettivo e ne uscí un bilancio tutt'altro che confortante. I punti a vantaggio di quello erano troppi.
I soldi.
E va be'…
Uno a zero.
Però fin lí quello che c'era stato da pagare, per quanto poco, l'avevo sganciato io, senza fare una piega. Quindi Vívina (o Vivína) non poteva sospettare che fossi uno spiantato che si faceva prestare l'auto e fumava Esportazione senza filtro per risparmiare anche sulle sigarette a favore di un capitale da scialare insieme a lei.

Il fascino.

Senza peccare di vanità, ritenevo di poter contare su un certo charme che facevo derivare da qualche lettura colta, certe raffinate ambizioni, un accettabile aspetto esteriore. Solo che letture e raffinatezze avevo dovuto subito archiviarle, avendomi lei fatto comprendere che nella vita contava di piú lo stato solido di quello gassoso. Inoltre, dopo attenta valutazione delle prove esibite, dovetti ammettere che ero carente dal punto di vista sociale. Non sapevo valorizzarmi. Mi mancava la capacità di essere uomo di mondo, come invece era il dandy. Questione di esperienza, ma l'esperienza voleva il suo tempo.

Due a zero.

L'eleganza fu il terzo elemento che presi in considerazione. In pratica come piazzarsi da soli un colpo basso.

In gergo calcistico, tirare in ballo il peso dell'eleganza era, nel mio caso, come subire una specie di uno-due secco. La mia difesa era ancora sotto shock per il primo gol e si beccava il secondo in rapida successione.

Quattro a zero.

Non che mi vestissi di stracci. Con quello che capitava, piuttosto. Facevo di necessità virtú. E le virtú spesso sono sottovalutate, quando non completamente ignorate.

Cominciai a desiderare il triplice fischio finale. L'arbitro invece assegnò qualche minuto di recupero. Giusto il tempo per prendere il quinto gol per colpa della mia assoluta ignoranza circa locali à la page dove portare una dama anziché esservi portato tipo cagnolino, quale mi ero sentito.

La disfatta era completa, nemmeno il gol della bandiera. Ma era solo l'andata, mi consolai.

Al ritorno avrei schierato ben altra squadra.

7.

In trasferta si gioca con la seconda maglia.
La mia si componeva di giacca blu residuo della laurea, camicia bianca a sottili righe verdi nuova di pacca, cui avrei dovuto associare una cravatta alla quale rinunciai per mero risparmio. Infine, prenotazione presso un ristorante gestito da una coppia che conoscevo da tempo e che offriva, oltre a una cucina di prima classe e un ambiente decisamente raffinato, l'impagabile panorama della vista lago. Per ottenere la disponibilità di un tavolino da due sulla magnifica terrazza che sembrava sospesa sull'acqua dovetti attendere un po'. Intanto fantasticavo su come Vívina (o Vivína) trascorresse le giornate, a parte prendendosi cura dei suoi fiori. In particolare mi tormentava la sera, quando la ipotizzavo in giro col deficiente dai modi mondani, un'immagine che alimentava gelosia e voglia di rivalsa.
Avrei fatto bene invece a riflettere sulla mia mossa e a considerare che la scelta, per quanto giustificata dalla volontà di offrire agli adorati malleoli una romantica serata indimenticabile, avrebbe comportato qualche rischio.
Piú di uno.
Non lo feci e mal me ne incolse.

Avrei dovuto subodorare qualcosa fin dall'istante in cui telefonai per prenotare, se non avessi avuto il cervello ob-

nubilato dalla passione e dall'entusiasmo per il gran colpo che stavo mettendo a segno.
– Per due, allora? – mi chiese la moglie del ristoratore. Confermai.
– Cenetta intima? – indagò. Non erano affari suoi, si dirà, ma data la confidenza che ci legava poteva permetterselo.
Avrei dovuto essere piú preciso, preavvertirla riguardo al caratterino della mia bella, invece restai in silenzio. E chi tace...
– Va be', ho capito, ci penso io, – concluse lei con tono d'intesa.
Non dovevo preoccuparmi, e non lo feci.
Occupai il tempo che mi separava dall'appuntamento svolgendo mansioni di vario genere.

Contare e ricontare i soldi che avrebbero finanziato l'occasione, considerando anche l'eventualità di imprevisti quali, per esempio, il bicchiere della staffa in qualche locale a lei gradito.

La pulizia della macchina del mio generoso amico che, essendo appassionato di pesca con la fiocina, di tanto in tanto se ne usciva in barca, dopodiché gli interni della vettura presentavano un po' dappertutto un singolare luccichio di scaglie ittiche, oltre che un pungente odor di pesce e di acque stantie.

Una cernita di argomenti da utilizzare per far sí che la serata non si nutrisse di soli rumori masticatori... e questo fu senza dubbio l'impegno piú gravoso. La mia bella, infatti, aveva già dimostrato di non sapere una mazza di letteratura, e aveva anche tenuto a informarmi che in casa sua la lettura era un lusso che nessuno poteva concedersi, avendo da lavorare. In ogni caso, esperienze o amicizie comuni, come quelle che lei e il dandy avevano profondamente rispolverato, non ne avevamo, quindi giudicai che sarebbe stata buona cosa interessarmi al suo lavoro, all'attività di famiglia e di conseguenza mostrare un trasporto per la floricoltura, attività di cui non mi era mai importato nulla.

Da ultimo mi feci dare una regolatina ai capelli grazie alla quale – considerato anche l'abbigliamento – sembravo uno pronto per ricevere la prima comunione.

Quando salii in macchina per andare a prenderla, cominciai ad avvertire una certa rigidità.

E chi stesse equivocando sul termine sappia che sta commettendo un errore grossolano.

    Rigidità:
    1) (fis.) proprietà dei corpi che resistono alla deformazione.
    2) (estens.) durezza, resistenza.
    3) (med.) assenza di movimento.
    4) (fig.) severità, rigore.
    5) (meteor.) rigidezza.

Non so a quale delle categorie sopra citate appartenesse la mia, un po' a tutte, forse. Il sospetto, sempre piú forte, era di essermi vestito secondo uno stile che non mi apparteneva. Già dopo aver infilato la camicia e la giacca avvertii un discreto impaccio muscolare, come se avessi indosso un'armatura che mi costringeva a procedere a scatti, togliendo ogni sciolltezza ai miei movimenti. Ne avvertivo un riflesso anche sulla muscolatura mimica, addirittura nelle parole. Vívina (o Vivína) non diede segno di aver notato il mio look se non quando mi chiese di che marca fosse la giacca, domanda alla quale risposi: – Variabile, – ma pronunciando all'inglese (*variebol*).

– Non la conosco, – disse lei e si chiuse lí.

Ben altra accoglienza ebbi al ristorante dove, vedendomi tirato a lucido come mai prima era accaduto, i due ge-

stori credettero di capire che quella fosse una serata non speciale, specialissima, e si diedero da fare perché lo risultasse davvero. Con un memorabile esordio non appena ci fummo accomodati.
– Era ora che ce la facessi conoscere, – disse con un sorriso la padrona.
Giova spiegare che in quel locale c'ero sempre stato su invito d'altri, (matrimoni, cresime, comunioni, battesimi eccetera), senza mai cacciare una lira e non accompagnato, millantando però l'esistenza di una donna fissa che prima o poi avrei portato lí a cena. Le mie reiterate bugie avevano giustamente fatto nascere un poco di curiosità. A quel punto dovevo presentarla.
Ma fu la mia accompagnatrice a prendere l'iniziativa. Chiese: – In che senso?
Il tono fu tale che avrebbe zittito chiunque.
Non la padrona che, con la sinuosa gentilezza che la contraddistingueva, si chinò su di lei, le pose una mano sulla spalla e sussurrò: – Glielo avrò detto mille volte di portare a cena qui la sua fidanzata!
Vívina (o Vivína) mi guardò.
– Vi porto un aperitivo, – disse la padrona.
– Bene, – mi gelò lei.
Poi: – Che storia è questa?
Nel tempo in cui riflettevo su cosa rispondere, era già in piedi e la sua postura indicava la volontà di levarsi dalle balle immediatamente. Mentre io annaspavo ancora alla ricerca delle parole piú utili a calmare la sua furia, la padrona arrivò portando due prosecchini tanto per aprire le danze. Stando in piedi, senza guardare niente e nessuno, Vívina (o Vivína) li asciugò entrambi, quindi si avviò verso l'uscita.
– Ma cosa succede? – chiese la padrona.

– Glielo spiega un'altra volta il mio fidanzato, – fu la raggelante risposta di lei prima di imboccare la porta. Alla padrona rivolsi uno sguardo carico di rimpianto; allargai le braccia.
– Ma cos'è successo, cos'hai combinato? – mi disse sottovoce.
Io niente, avrei dovuto replicare, lei piuttosto. Ma sarebbe stato ingiusto addossarle la colpa del disastro. Mi scusai.
– Ci... ci vediamo, – balbettai, e sgattaiolai via.
Tra l'altro avevo anche fame.

Mi aspettava fuori. Sotto i nostri occhi c'era un lago piatto e scuro, in cui le luci della sponda opposta si riflettevano con un tremolio che annunciava l'arrivo di vento da nord. Agosto ormai era alla sua metà, nell'aria si potevano percepire i segni del suo lento declino verso il mese delle transumanze. Sarebbe stato il momento ideale per alate parole, se le cose fossero andate diversamente. Dovevo trovarne altre, invece: fornire una spiegazione convincente dell'accaduto. Come al solito fu lei a parlare.
– Andiamo, – disse.
– A casa? – chiesi sconfortato.
– Sei scemo? – ribatté. – La notte è ancora giovane, no?
– E allora dimmi tu dove.
– In un posto dove non sappiano che sono fidanzata con te, – sibilò velenosa.
Se quella era la condizione, l'intero orbe terracqueo andava benone.
– Io...
– Non permetterti mai più di raccontare balle sul mio conto.
– Veramente...
– Quando avrò voglia di fidanzarmi te lo dirò io.

– Però...
– Andiamo!
D'accordo, ma... doveva indicarmi la meta.
Tra l'altro...

Ecco, se non l'ho confessato prima è solo perché pensavo che la serata potesse avere ben altri sviluppi. Non si pensi a chissà che cosa... Anche solo due chiacchiere in piena rilassatezza, grazie alle quali avrei potuto con calma farle intendere che mi aveva stregato e spingerla a rivelarmi qualcosa in piú di sé per inquadrare il suo carattere, che fino ad allora mi era sembrato piuttosto brusco, a volte scontroso, di sicuro imprevedibile...
Per farla breve, tra il pieno della macchina, la spesa della camicia, il barbiere, una riserva aurea per pagare eventuali aperitivi e bicchieri della staffa in questo o quel locale per tirar mattina, non disponevo del denaro necessario per saldare il conto della cena. Nessun problema, stante l'amicizia con i due del ristorante l'avrei fatto con comodo qualche giorno piú tardi.
Ma adesso, se lei saltava su con qualche posto in cui io sarei stato un emerito sconosciuto, con cosa avrei pagato?
– Dimmi tu dove, – ribadii. E chiusi gli occhi in attesa che mi venisse comunicata la destinazione.
Il nome che fece era spaventoso.
Papillom.
Ma a chi diavolo poteva venire in mente di chiamare un locale cosí?
Lo gestiva forse un venereologo?
– Perché? – si stupí lei.
Glielo spiegai senza addentrarmi nel campo delle malattie genitali a trasmissione sessuale, giacché non mi sembrava affatto elegante.

Dovevo aver capito male, riflettei.
– *Papillon?* – dissi.
No.
Era proprio *Papillom*. Pronunciato cosí come si scriveva.

L'insegnista incaricato aveva commesso un grossolano errore e il proprietario del locale, dopo aver minacciato denunce, aveva fatto marcia indietro poiché quel nome strano, equivoco, era stato la miglior pubblicità che potesse immaginare.

Era talmente ambito entrare al *Papillom*, per poi raccontarlo, che chiunque era disposto a spendere per un bicchiere d'acqua minerale i soldi coi quali ne avrebbe acquistata senza problemi un'intera cassa.

Alla notizia sudai.

Lei aveva già dimostrato di avere la capienza di un lavandino se si trattava di bere. E non beveva acqua minerale.

E io, con quello che avevo in tasca, non sarei riuscito a ubriacare nemmeno quel piccolo cretino di suo fratello.

Se però esiste il dio degli ubriachi, che li conduce a dimora senza danni per sé e per gli altri, esiste anche quello pietoso dei sobri nullatenenti.

Bucai.

Prima di allora mi era capitato una sola volta. Ero con un amico, in autostrada; la macchina era la sua, in prestito dal genitore. Quanto a meccanica e cose affini né lui né io capivamo nulla.

La nostra prima reazione fu domandarci a vicenda come avremmo dovuto procedere. Decidemmo di chiamare il soccorso. Per fortuna la colonnina sos era a pochi passi, mi incaricai io di telefonare. Quando l'operatore sentí che il guasto era una gomma bucata, mi chiese di ripetere la richiesta. Lo feci, dopodiché sentii solo il rumore della cornetta che veniva abbassata.

Tornai rimuginando sulla villania dell'addetto al pronto intervento, ma non ne parlai, anzi riferii che era stato molto gentile e che ci aveva consigliato di cambiare la gomma; secondo lui era la cosa migliore da fare. Il mio amico sorrise come se fosse stato illuminato dallo Spirito Santo.
Procedemmo.
Trovare la gomma di scorta fu un gioco da ragazzi.
Estrarre il cric dalla sua sede un po' meno.
Capire come funzionasse e posizionarlo, un supplizio.
– È difettoso, – diagnosticò il mio amico a un certo punto.
Non poteva essere altrimenti, concordai. In effetti avevamo girato a turno la manovella per una buona mezz'ora senza che la macchina si alzasse da terra di un solo centimetro.
Il pensiero, la convinzione di aver a che fare con un attrezzo difettoso ci sollevò da ogni responsabilità, dalla necessità di tentare altro.
Era una bella giornata di sole, ci appoggiammo al guardrail della piazzola e fumammo nell'attesa che ci venisse qualche idea. Non dovemmo attendere molto prima che una pattuglia della Stradale si affiancasse.
– Problemi?
Spiegammo tutto, compreso il cric difettoso.
Difettoso?
Uno dei due poliziotti lo prese in mano, lo guardò, ci guardò, lo infilò sotto la macchina che, nel giro di pochi secondi, debitamente sollevata da terra si offrí al cambio della gomma.
Un quarto d'ora piú tardi eravamo di nuovo in viaggio, e solo perché l'altro poliziotto, vedendo come ci baloccavamo con bulloni e gomma, aveva deciso di sostituirsi a noi.

– Abbiamo bucato, – comunicai dopo aver sperato per un po' che stessimo centrando una buca dietro l'altra.
– Ci siamo arrivati, eh? – emerse lei dal silenzio.
Con logica stretta mi suggerí quindi di cambiare la gomma. Fino a lí lo capivo anch'io, ma tra il dire e il fare correva una bella distanza. Tra l'altro 'sto *Papillom* stava nelle terre basse, a una cinquantina di chilometri da dove eravamo partiti, e il punto dove avevo bucato era malamente illuminato da un lampione asfittico, poiché da una decina di minuti stavamo percorrendo una stradicciola ai cui lati c'erano solo prati. Senza che glielo chiedessi, lei ebbe la cortesia di scendere dalla macchina e la cattiva idea di mettersi a osservare i miei maneggiamenti con cric, ruota e bulloni. A un certo punto mi disse che, se non avesse avuto paura di sporcarsi il vestito, avrebbe pensato lei a cambiare la gomma, osservazione che rese ancora piú incerto il mio lavoro. Alla fine me la cavai, ma avevamo perso un'ora secca, e altro tempo lo perdemmo per fermarci di nuovo secondo la regola che detta di controllare la tenuta dei bulloni dopo alcuni chilometri.
Il risultato fu che quando giungemmo davanti al *Papillom* mancava mezz'ora alla chiusura.
La regola del locale voleva che a un'ora esatta dal tutti a casa non venissero piú serviti alcolici.
Solo acqua minerale.
– Bevila tu, – sentenziò la mia adorata.
E io la bevvi, avevo sete. Lei lo prese come una specie di sgarbo.
– Soddisfatto? – mi chiese. Poi ordinò: – Andiamo.
Non mi azzardai a chiedere dove.

Fu un ritorno farcito dal peso specifico del silenzio, dentro il quale temetti si udisse il conto che stavo eseguendo: riguardava le mie finanze e un'altra serie di cosette.
Innanzitutto dovevo passare dal ristorante per scusarmi, e fare almeno la mossa di voler pagare la cena non consumata. Speravo che me l'avrebbero abbuonata, ma non potevo esserne affatto certo.
E la gomma bucata?
Sarebbe stato possibile ripararla o avrei dovuto acquistarne una nuova?
E quanto mi sarebbe costata?
E con lei, con Vívina (o Vivína), cosa avrei dovuto fare?
Quest'ultima domanda occupò ben presto, e integralmente, i miei pensieri. Divenne cosí dominante da non permettermi di registrare che, una volta giunti davanti al suo cancello, scese dalla macchina senza nemmeno salutarmi e, forse per farmi un dispetto, camminò verso casa ondeggiando e mettendo in primo piano l'invidiabile fondoschiena, cosí che per la prima volta, anziché fissarsi sui suoi magnifici malleoli, il mio sguardo non si mosse da lí finché la vidi sparire.
Rientrai a casa lentamente, c'era poco da dire o da fare. Era finita.

8.

Ne fui convinto, che fosse finita, per parecchi giorni a seguire. Eppure un certo languore crepuscolare sopravviveva in me, inducendomi a pensare che mi restasse un'ultima chance. Ci voleva molto ottimismo per crederci, visto come erano andate le cose. Ma tant'è, ripresi coraggio. La prima idea che mi venne fu di inviarle un mazzo di fiori. Nel linguaggio degli stessi doveva pur esisterne uno che veicolasse una richiesta di perdono. Cosí, se lei fosse stata intenzionata a concedermelo, l'avrei riagganciata. Non ne capivo niente, però, e mi abbassai con una certa vergogna a chiedere consiglio al fiorista del paese. Il quale, benché li commerciasse, ne sapeva quanto me.

– Uno vale l'altro, – mi rispose, – se hai fatto una cazzata.

Tranne, specificò, i crisantemi. Ma lí c'ero arrivato da solo. Mi soccorse la nostra piccola biblioteca, dove trovai un altrettanto piccolo volume che trattava l'argomento, scoprendo che per chiedere scusa con un mazzo di fiori non avevo che l'imbarazzo della scelta: i giacinti, color porpora; i gigli; le violette, a quanto pareva le migliori per chiedere scusa; le peonie, ideali per farlo senza dover usare parole; gli anemoni; le calendule; le immancabili rose, soprattutto quelle di color rosa.

Mi baloccai con il pensiero per un po', poi riflettei che in mezzo ai fiori lei ci viveva, e che il mio gesto poteva anche suonare come un'offesa all'attività di famiglia, o comunicare una fantasia davvero limitata. Cassati i fiori, ma ormai rientrato in partita, valutai le alternative e mi arresi a utilizzare l'unica arma, tra l'altro assai economica, che mi sentivo di maneggiare con una certa sicurezza. Scriverle una bella lettera.

Un tardo pomeriggio, ispirato dalla luce che virava lentamente verso il buio, presi carta e penna e attaccai.

«Mia cara...»

Mi fermai, subito.

Mia cara!

Mi sembrò quasi di vederla. Meglio, di sentirla.

«Mia cara un cazzo!»

Stracciai il foglio.

«Cara Vivina...»

Mi bloccai ancora. Avevo tolto il possessivo ma avevo dubbi su quel «cara».

Il vocabolario spiegava che tale aggettivo si utilizzava per rivolgersi a qualcuno facente parte della sfera affettiva e che era anche d'uso comune nell'avviare una lettera.

Nel primo caso, lei era dentro la mia sfera affettiva, ma io ero nella sua? Usarlo in quel senso non era quindi un azzardo da parte mia? Non era un eccesso di vanteria, una presunzione del tutto personale che avrebbe rischiato di ottenere l'effetto opposto?

Cancellai, ripresi.

«Vivina...»

Mi bloccai per la terza volta. Rilessi il solo nome, tre volte di fila e ad alta voce, variando l'accento. Non potei non ridere. Cazzo, pareva l'inizio di un'orazione, di un'ode. Era un attacco talmente impetuoso da lasciar sottendere che fossi io la parte offesa e che le chiedessi ragione del suo comportamento.

Stracciai anche quel foglio, avevo bisogno di aria fresca e di movimento, uscii a fare due passi. In piazza, solitario e seduto su una panchina a godersi un po' di arietta, c'era il mio amico, quello che mi prestava la macchina.

Ne fui felice perché scambiando quattro chiacchiere mi sarei alleggerito la mente e forse, dopo, mi sarebbe venuta l'idea buona.

Hai visto mai...

Non fu cosí, però.

– Ma sei cretino? – mi disse non appena mi vide. Aggiungendo che, se non avesse avuto la fortuna di incontrarmi, sarebbe venuto l'indomani da me per sottopormi la stessa domanda.

– La gomma, – sparò.

– Ecco, appunto... – cercai di interloquire. Volevo anticiparlo, non ci riuscii. Parlò lui, e fu esplicito, pratico. Non gli interessava un cazzo dei miei problemi amorosi, e men che meno, dedussi, di quelli epistolari che mi ero appena lasciato alle spalle in attesa di risolverli. Senza ricorrere a termini troppo raffinati mi disse che se volevo morire dietro a quella cosa là – e a me sorsero nella mente i due malleoli – erano affari miei, ognuno, affermò, è libero di impiccarsi all'albero che preferisce. Lui però era come Bertoldo, alberi di suo gusto, per quel genere di cose, non li avevano ancora piantati.

Invece ci teneva che quando prestava la sua macchina a un qualunque deficiente rincoglionito dall'amore questa gli venisse restituita perfettamente integra, non con su la gomma di scorta e con quella originale bucata e col cerchione da buttare.

– Mi sono spiegato? – chiese.

Come no!

– Te la faccio sistemare, scusami, – mi offrii.

– Già fatto, non preoccuparti, – ribatté.
A quel punto mi venne un dubbio.
– Ma la macchina me la presti ancora?
– Col cazzo, – sillabò lui risolvendo le mie incertezze.

Fu una lezione di vita. La schiettezza del mio amico, il suo fare diretto, il suo puntare senza troppi fronzoli al sodo, mi illuminò. Nel senso che mi parve di capire come con Vívina (o Vivína), sino a quel momento, avessi sempre sbagliato tattica. Avevo messo in atto comportamenti che appartenevano alla preistoria del corteggiamento, ivi compresa la cenetta romantica, conclusa come si sa e che dovevo ancora saldare.
Quei tempi erano finiti. D'ora in poi, dritti sull'obbiettivo. Cominciando dalla lettera.
Né mia cara, né cara Vivina, o Vivi, come l'aveva appellata il bellimbusto, niente. Un attacco semplice, un bel ciao, quattro righe senza troppi fronzoli, giusto qualcosina affinché non sembrasse troppo asettica. Un po' di stato solido, appunto, al posto di quello gassoso.
Mi misi subito all'opera, scrissi, non rilessi, spedii per espresso. Calcolai tre giorni perché arrivasse, poi qualche altro giorno affinché la mia perorazione macerasse nel suo animo, infine telefonai.
Mi rispose il piccolo macaco.
– Chi sei? – chiese nonostante gli avessi già riferito nome e ragione della telefonata.
– Sei sordo per caso? – ribattei velenosamente.
– No, – chiarí.
Ma con tutte le telefonate che arrivavano a sua sorella cui, per volontà della stessa, spesso rispondeva lui, se a fare da filtro non c'era la madre, non poteva certo ricordare a che faccia appartenesse questo o quel nome.

Non mi restava altra soluzione se non spiegargli che ero quello che aveva passato con lui una deliziosa seratina guardando per ben due volte *Il monello*. Al che il piccolo sembrò restare per un momento senza fiato, quindi parlò.
– Allora sei quello...
Si interruppe, però, perché cominciò a ridere. Feci per intervenire, ma mi anticipò.
– ... quello della lettera!
– Eh? – sbottai.
Il cretinetti continuava a sbellicarsi.
– Cosa c'è di tanto divertente? – mi scappò.
Non ottenni spiegazioni.
– Te la chiamo, – disse invece, tra un singhiozzo e l'altro.
Mollò la cornetta e si allontanò lasciandomi ad ascoltare lo sghignazzo che lentamente svaporava nell'aria. Ci volle tempo prima che lei mi rispondesse, tant'è che pensai che il piccoletto si fosse dimenticato di me.
La voce di lei spazzò via il sospetto.
– Scusalo, è piccolo, – disse.
Piccolo, d'accordo.
Ma mi sembrava strano che si potesse ridere cosí sguaiatamente solo perché uno aveva scritto una lettera.
– Non è abituato, – proseguí lei.
Avvertii una stretta allo stomaco.
– A cosa?
– Ma, sai, a certe parole, a certi modi di esprimersi...
– Ossignore! – mormorai. – Non mi starai dicendo che...
– Avevo mal di testa, – mi interruppe lei.
Era in camera sua, al buio, occhi chiusi, quando il postino aveva suonato per consegnare l'espresso. Aveva fatto una fatica da non dire per alzarsi, andare ad aprire e ritirare la busta. Dovevo considerare che non riceveva tutti i giorni quel tipo di corrispondenza, anzi.

Chissà chi le aveva scritto, cosa voleva, magari era roba urgente, di lavoro.

Insomma, tornata in camera aveva chiamato il fratellino e gli aveva chiesto di leggerle la lettera. Senza offesa, ma anche a lei era partita qualche risata, nonostante il mal di testa.

– Ma è ignobile, – esclamai.

– Sarà, – replicò, – ma anche tu...

– Io, cosa?

Usare nomi come desolante, disincantato, sdilinquente...

– Veramente sono aggettivi... – obiettai.

– Va be', fa lo stesso...

– Veramente no...

– E comunque essere costretti ogni tre secondi a spiegare le parole a un bambino che ti chiede cosa significa questo e cosa significa quello...

Ma se non conosceva la differenza tra sostantivo e aggettivo cosa poteva avergli spiegato?

– ... insomma, fa un po' scappare da ridere!

Bene, cosí ci avevano riso sopra.

– Senza offesa, – ripeté.

Ci mancherebbe!

Anzi, ero felice di aver portato un po' di allegria nella loro giornata.

Cornetta in mano, ragionai sul da farsi. La dignità mi suggeriva di attaccare e archiviare del tutto quella storia mai cominciata. Mi fulminò invece un'altra idea.

– E il mal di testa come va? – chiesi.

Indovinai tono e argomento.

Quando si parla di salute anche il piú porcospino degli esseri umani ritrae gli aculei.

Nemmeno lei fece eccezione.

– Boh, – disse, ma il tono era già quello di chi aveva abboccato.

Mi spiegò che il mal di testa arrivava ogni tanto, durava un po', a volte anche un paio di giorni, quindi passava. Ne soffriva da anni.
- Ho capito, ma ogni quanto arriva e dopo quanto passa?
- Dipende, sai com'è...
Mi sentivo padrone del gioco.
- Scusa, se capita una volta d'accordo, ma se è una cosa che si ripete è il caso di non sottovalutarlo. Non hai mai fatto esami, controlli?
- Con tutto quello che c'è da fare qui...
Era già la seconda volta che lasciava i puntini di sospensione alla fine della frase, non era da lei. Mi venne il dubbio che del mal di testa faticasse a chiacchierare, che quasi se ne vergognasse. E c'era da capirla, poiché in un ambiente abituato al «solido», quale mi aveva già dimostrato essere il suo, un'affezione aleatoria come una cefalea veniva probabilmente considerata alla stregua di una scusa, comoda e non contestabile, per fuggire ai doveri quotidiani. Fossi stato al suo capezzale in quel momento l'avrei accarezzata. Meno male che invece ero al telefono e potevo continuare a far sfoggio di professionalità.
- Per me sbagli a trascurarlo.
- Dici? - chiese lei.
Lasciai correre qualche secondo, poi decisi che avevo sottomano un'occasione da non perdere.
- Ma dobbiamo continuare a parlarne al telefono?
- Visto che siamo al telefono...
Il solito sarcasmo, ma esercitato con una certa fatica, quasi per nascondere una punta di tristezza. O così mi piacque credere. Considerai ancora una volta i puntini di sospensione.
- Potremmo farlo guardandoci in faccia, - affondai e attesi.

– Va bene, – approvò lei.
Passarono alcuni secondi di silenzio.
– Quando? – disse poi.

Quando, avverbio. Oppure congiunzione se introduce proposizioni temporali.
Le proposizioni temporali possono andare da qui all'eternità.
Non avevo mai ragionato su quanto fosse importante una congiunzione. Non mi aveva nemmeno sfiorato il pensiero che il suo «quando» le fosse necessario per capire se, alla data che avrei sparato, lei sarebbe stata libera oppure se era già impegnata.
Mi parve che la sua domanda in quel momento volesse una risposta precisa, che per la prima volta toccasse a me decidere per entrambi. E forse non avremmo parlato solo del suo mal di testa.
Avevo giocato d'azzardo e stavo per pagarne il pegno.
Con cosa sarei andato a prenderla giacché ero senza macchina?
– Cazzo! – sparai di proposito nella cornetta.
– Gentile, – fece lei.
– Scusa, – io.
Avevo dimenticato che la macchina era dal meccanico.
– Cos'è successo? – chiese.
Cosa rispondere.
Come già detto, le mie competenze in materia erano, e sono, a uno stato brado. Sparai la prima cosa che mi venne in testa.
– Un problema al *gigleur*.
(Per l'esattezza *gicleur*).
Faceva parte, il *gigleur*, di quella serie di francesismi apocrifi quali *contrôleur*, controllore, *conteur*, contatore,

mineur, minatore, e altre espressioni che avevo appreso da bambino orecchiandole qua e là e senza mai dar loro una collocazione precisa nel vocabolario quotidiano. Poi, maturando, li avevo piazzati ciascuno al proprio posto, il *gigleur* appunto dentro il motore di una macchina senza sapere dove fosse, a cosa servisse e – mi venne il dubbio in quel momento – se fosse ancora una parte essenziale dei propulsori moderni. Il tempo sospeso che seguí alla mia uscita mi fece temere di aver sparato una grossolana cazzata. Fu lei invece, dopo aver specificato che di *gigleur* non aveva mai sentito parlare, a precisare che di motori non capiva un accidente e chiuse lí la questione.

Quella del *gigleur*, intendo.

Circa il mio essere momentaneamente senza macchina, nessun problema.

Sarebbe venuta lei a prendermi («Dopodomani magari, cosí il mal di testa mi è passato»), con una delle sue.

Ne aveva tre.

9.

I fuochi d'agosto bruciavano sulla montagna che avevo davanti agli occhi. Meglio di qualunque calendario dicevano che il mese stava contando i suoi ultimi giorni. Rispetto alle altre occasioni in cui ero uscito con lei, non ero tanto preoccupato di cosa dire o fare, o dei soldi che avevo in tasca. Dedicai quasi l'intera giornata a ripassare il capitolo, lungo e noioso, su emicranie e cefalee dei più vari tipi, quasi dovessi prepararmi per un esame. Finalmente, mi dissi quando mi sentii padrone della materia, avevo qualcosa di «solido» con cui riempire la serata. Gongolavo all'idea di dimostrarle quanto fossi bravo.

La Peugeot che il mio socio mi prestava era un riassunto di macchina rispetto a quella con la quale lei venne a prendermi, eppure un vago odore di stallatico aleggiava dentro l'abitacolo; lo percepii non appena feci per salire e mi bloccai all'istante.

– Cambiato idea? – mi chiese vedendomi con la testa dentro e le gambe ancora fuori.

Per niente.

Piuttosto lei era cambiata. Il viso innanzitutto. Pallido, quasi diafano: esito, giudicai, dei giorni passati in compagnia del mal di testa e durante i quali aveva mangiato poco e ancor meno bevuto. Era un viso da fata che ben si adattava alle suggestioni di quella sera, ai fuochi sulla montagna, alla fantasia che nei boschi si muovessero folletti felici per l'arrivo dell'autunno. Non dissi nulla, non volevo provocare una delle sue battute acide, tuttavia avrei scommesso che quella volta avrebbe apprezzato il mio stato «gassoso». Anche perché, oltre ad avere un viso per me cosí nuovo, s'era abbigliata come se non volesse apparire, come se volesse confondersi col buio della notte. Sino ad allora le avevo visto addosso solo colori, a partire da quel lungo abito azzurro la sera in cui ci eravamo conosciuti. Sembrava quasi che, cambiandoli continuamente, volesse comunicare il suo diritto a fare quello che piú le pareva, e con chiunque, un arcobaleno di desideri e umori. In effetti io ne sapevo qualcosa. Adesso invece portava un girocollo blu – cominciava a fare freschetto di notte – e blu erano pure i pantaloni, da collegiale. Interpretai il tutto come un addio alle follie dell'estate, adesso si riprendeva a fare sul serio.

– Ti sei incantato? – fece lei.

Lo ero già, da tempo, avrei voluto rispondere.

Salii.

Partí con una scriteriata inversione a U e gran stridio di gomme verso l'alto lago, cosa che mi fece temere di essermi lasciato ingannare dal suo aspetto.

Invece no.

Impostata una velocità di crociera, sessanta, settanta chilometri non di piú, si girò verso di me.

– Dimmi.

Attaccai a sfoggiare le mie conoscenze sul suo male. Di tanto in tanto, quando le raccontavo di qualche sintomo particolare, mi interrompeva.

– Proprio cosí!

Quindi taceva subito perché riprendessi. Piú continuavo a parlare, piú mi sentivo sicuro, anche perché di tanto in tanto scoccavo un'occhiata di lato per scrutarla. Di profilo non l'avevo mai guardata a lungo come quella sera, e trassi quasi l'impressione di avere a che fare con un'altra persona, cosa ovviamente impossibile. Piú realistico il sospetto che dentro di lei fosse mutato qualcosa. Forse i giorni trascorsi a letto in attesa che la cefalea svanisse l'avevano costretta a riflettere su alcune cose, me compreso. Parlavo, la scrutavo, buttavo l'occhio sul tachimetro che continuava a marcare una velocità non superiore ai settanta. A un certo punto, inevitabilmente, l'argomento cefalee e dintorni si esaurí, e mi toccò affrontare con un certo timore il silenzio. Lo temevo perché il fantasma del viveur di buona memoria era rimasto nell'angolo finché avevo dispensato la mia scienza, ma ora poteva tornare a far capolino. Un essere come lui doveva avere un'infinità di argomenti per tenere viva la conversazione: cazzate, futilità, pettegolezzi; in sostanza chiacchiere fatte di niente, ma che comunque avrebbero riempito l'abitacolo. Perciò aspettavo che mi parlasse, e intanto contavo le curve che si susseguivano l'una dopo l'altra. Mentre l'alto lago si avvicinava sempre di piú, riflettevo se fosse il caso di uscirmene con un commento sul tempo che stava cambiando, sull'estate che ormai ci stavamo lasciando alle spalle, una stagione di sabbia che, appunto, come sabbia ci era scivolata tra le dita. Resistetti alla pressione del mio stato gassoso per non provocare il suo sarcasmo e rovinare quella sorta di magia che speravo di non essermi inventato. Tuttavia a un certo punto mi posi una domanda e mi parve lecito esplicitarla, perché ormai stavamo viaggiando da piú di un'ora.

– Dove stiamo andando?

– Da nessuna parte, – mi rispose senza distogliere lo sguardo dalla strada.

Dire che rimasi di stucco è poco. Nessun locale all'orizzonte dove tra l'altro avrei potuto disporre di una certa

larghezza, dato che avevo risparmiato i soldi per il pieno della Peugeot.
– In che senso? – chiesi stupidamente.
– Nel senso che stiamo in giro, – rispose forse con un pizzico di condiscendenza.
Tacqui.
– Non hai visto che bel cielo stasera? – mi fece notare.
Mi immaginai tra le stelle ad accarezzare la chioma di Berenice. Volli concederle la soddisfazione di avermi rivelato tanta bellezza e tenni per me quella di averci visto giusto: quella sera qualcosa era cambiato, forse ero arrivato a un punto di svolta.

Svoltammo anche nel senso proprio del termine, poiché avevamo raggiunto l'estremo limite del lago, e imboccammo la strada che porta alla sponda opposta. Quando fummo lí mi chiese se non avevo nulla in contrario a proseguire senza una meta precisa. Le risposi che non chiedevo di meglio: quell'andare lentamente occhieggiando paesaggi di luci e di ombre che cambiavano in continuazione era il miglior esercizio per stimolare pensieri e fantasie.
– E raccontamele queste fantasie.
Non aspettavo altro.

Esordii senza alcuna esitazione, chiudendo gli occhi per concentrarmi su tutto ciò che nel corso delle settimane precedenti avevo immaginato di raccontarle senza mai averne avuto l'opportunità. Tacqui solo quando capii che ci eravamo fermati. Aprii gli occhi e vidi intorno a me una piazzola isolata, circa a metà della strada che scendeva verso il basso lago. Nessun lampione lí intorno, davanti a noi le luci della sponda opposta, i riflessi della luna sull'onda appena mossa dal soffio dei montivi, una condizione romantica e al tempo stesso surreale. Lei aveva appoggiato il capo al poggiatesta, aveva chiuso gli occhi come avevo

fatto io poco prima. Riflettei un momento sul significato di quella sosta.
– Continua a parlare, – mi disse sottovoce.

Elencare le cose che mi uscirono di bocca in quella memorabile occasione mi riesce difficile. Fu un flusso continuo di pensieri e fantasie che si incrociavano passandosi il testimone senza alcuna logica. Puro stato gassoso, comunque. Misi in campo l'alba dalle rosee dita, lanterne che penzolano dalle chiome di un poeta, navi che si incrociano sui mari senza conoscersi e senza salutarsi, elogiai il profumo del fieno di settembre, lo sconcerto di trovarsi in un bosco davanti a una stalla abbandonata, la commozione che regala un vecchio libro di poesie dalle pagine fragili e ingiallite, le raccontai la favola del campanaro affogato nel lago che aveva imparato a respirare sott'acqua grazie a un vecchio luccio. Di tanto in tanto la guardavo, meravigliandomi che mi seguisse senza parlare. E invece le volte in cui tacqui per capire se la stavo annoiando mi disse di andare avanti. Non so quanto tempo restammo in quella piazzola. In verità ci sarei rimasto all'infinito, poiché temevo di rompere l'incanto, ma mi pungeva anche la curiosità di sapere quale sarebbe stato il risultato di una siffatta serata. Nessuna notte è eterna, però. Soprattutto per chi il giorno seguente deve lavorare rispetto a chi, come me allora, è ancora in attesa di un'occupazione. Così fu lei a rompere gli indugi. Con la stessa, meravigliosa grazia che aveva elargito in quelle ore, disse che le era venuto sonno. Era ora di rientrare. – Ti spiace guidare un po' tu?
Poi, dopo che ci fummo scambiati di posto:
– Continua pure a parlare se vuoi.

In tutta sincerità non ricordo se proseguii a raccontare o se me ne stetti in silenzio finché arrivammo sotto casa sua. Un po' l'una e un po' l'altra cosa, credo.

In ogni caso, nel momento in cui spensi il motore dell'auto, quando il silenzio calò nell'abitacolo, quando dopo tante chiacchiere avevo deciso che era giunto il momento di confessarle ciò che provavo per lei, avvertii il suo russare. Delicato, un soffio, ma era pur sempre un russare. Riflettei che sarebbe stata musica per le mie orecchie, se l'avessi percepito dopo una notte di delizie. Ma eravamo in macchina. Da quanto dormiva non avrei saputo dirlo, avevo guidato e parlato mantenendo la solita velocità di crociera, gli occhi sempre fissi sulla strada. Adesso cosa dovevo fare, svegliarla e dichiararmi? Ma una dichiarazione d'amore si può fare a una persona richiamata dal sonno, che magari non capisce subito quello che hai detto e ti chiede di ripetere? Non credo e comunque cassai l'idea. Tra l'altro mi ci volle un po' prima di svegliarla, dormiva proprio sodo. Due colpetti sulle spalle non servirono, dovetti scuoterla per un braccio per farle aprire gli occhi. Uno sbadiglio.

– Scusa, mi sono proprio addormentata.
– Figurati.

Fu lei a fare la mossa. Si allungò verso di me e mi diede... Sí, io, dal suo movimento dedussi che stava per stamparmi un bacio sulle labbra e mi preparai convenientemente ad accoglierlo. Invece lei, con una specie di carezza, mi rimise la faccia in posizione orizzontale cosí da potermi dare un bacetto sulla guancia.

– Grazie per la serata, – disse poi.

Ma non era finita.

Doveva ancora dirmi che adesso, per un mesetto, non avremmo piú potuto vederci.

Proprio adesso, proprio dopo che le cose sembravano avere preso la piega giusta?
– Anch'io ho diritto a un po' di vacanza, – mi spiegò.
Un paio di settimane al mare, a settembre, il mese ideale per evitare spiagge sovraffollate e alberghi intasati. E un altro paio in montagna, in una baita di proprietà sita quasi al confine con la vicina Svizzera.
– E tu, niente? – mi chiese poi.
Pensai al mio portafoglio.
– Già fatte, – risposi.
Non mi chiese dove, gliene fui grato. Nel caso avevo la risposta pronta, Tunisia.
Nel frattempo eravamo scesi dalla macchina. Lucevan le stelle, mi disse ciao e si avviò verso casa.
Restai a guardarla. Un mese, pensavo. Ma avrei dovuto fare mente locale.

Stavo lí con le mani in tasca, il pensiero di quel mese piantato in testa. Al mare, in montagna. Con chi? Indipendente, decisa come piú volte mi aveva dimostrato di essere, poteva anche darsi che se ne stesse sola soletta. Ma valeva anche il contrario. Tutta la magia della serata stava svanendo. Se almeno mi avesse... l'avessi baciata come si deve, avrei avuto tra le mani una promessa, una specie di certificato che dichiarava l'inizio di una relazione, e il mese che mi aspettava si sarebbe ridotto a meri trenta, per quanto lunghi, giorni di attesa. Invece quel bacetto insonnolito era un marchio destinato a restare sulla mia guancia per ricordarmi che cosí si saluta un amico. Passai piú di qualche minuto, una decina forse, sempre con le mani in tasca, a rimuginare su quei pensieri guardando la casa della mia bella, il cancello d'ingresso, la macchina che aveva ospitato le mie fantasie, con qualche brivido addosso perché l'aria s'era fatta decisamente freschetta. Finché tornai coi piedi per terra. E, porca puttana, proprio cosí: con i piedi per terra. Nel senso che ero senza macchina e a qualche chilometro da casa mia.

Non mi venne nemmeno la tentazione di suonare il suo campanello. Non tanto per bontà d'animo, vista l'ora e la certezza che fosse di nuovo ripartita a dormire della grossa. Fu piuttosto la considerazione che non l'aveva sfiorata il pensiero di avermi lasciato a piedi. Bastò quello a oscurare tutta la polvere di stelle che aveva illuminato le ore appena trascorse lasciandomi solo a confronto con la solita Vívina o Vivína o quel che era (prima o poi avrei risolto l'enigma): a posto lei, a posto tutti. Non mi restava altro che incamminarmi e sperare di incrociare qualche nottambulo automunito di buon cuore che si impietosisse di un viandante amaramente deluso dalla vita. Mi imposi un passo regolare poiché dopo una mezz'oretta già tre macchine, di cui una sola mi aveva salutato con gli abbaglianti, erano passate incuranti della mia pena, perciò dovevo misurare le energie dato che la strada era davvero lunga. Dopo un'altra mezz'ora però il miracolo si palesò nella massiccia sostanza di un camionista e relativo camion per il trasporto del latte. Un giovialone di mezza età della cui esuberanza non sentivo necessità alcuna, ma alla quale dovetti adattarmi non fosse altro perché mi stava dando un passaggio. Mi trovai costretto a rispondere alle sue domande: dove abitavo, se conoscevo questo e quello, cosa facevo nella vita e, soprattutto, cosa ci facevo a quell'ora di notte a piedi lungo la strada. A quest'ultima risposi tirando in ballo il problema del *gigleur* (*gicleur*) che mi aveva lasciato a piedi un paio di giorni prima e fu un grave passo falso, perché il camionista si insospettí. Se allora ero senza auto, come facevo a essere lí, cosí lontano da casa e a quell'ora di notte? Sui due piedi non mi riuscí di inventare una balla efficace, e mi sorse anche il timore che il giovialone potesse sospettare in me un balordo e rimettermi di nuovo in strada: aveva muscoli idonei a farsi ubbidire. Cosí gli raccontai le cose esattamente com'erano andate, e quando terminai per tutta risposta lui se ne uscí con una risata che quasi lo sfiatò.

– Scolta me, – disse poi.
Le donne...
Per la pratica che lui aveva del genere femminile, avevo sbagliato tutto, mi ero comportato come un budino, similitudine che gli venne forse in virtú del genere alimentare che trasportava. Lui era del parere che certe cose non andavano tirate troppo per le lunghe. E quando fummo ormai alle porte del mio paese emise la sua diagnosi: potevo insistere finché volevo, ma quella, a suo giudizio, non me l'avrebbe mai mollata.

Che se la tenga, dissi tra me scendendo dal camion. Tanto avevo deciso che avrei usato il mese di settembre per dimenticarla, per cancellarla dalla memoria.

Dimenticarla, a meno che...

10.

Il mio proposito era ben chiaro, deciso. Mai piú.
A meno che, però, lei stessa non tornasse alla carica. In quel caso mi sentivo disposto a concederle, e a concedermi, un'ulteriore, postrema chance. Sarebbe bastata una cartolina, una telefonata. Ovviamente non proprio durante quei primi giorni di vacanza, bisognava lasciare tempo alla lontananza di lavorare sui sentimenti e di stimolarli ad agire. Durante la prima settimana il mio proposito continuò a essere saldo come le mura di Troia ma, inconsciamente, stavo solo lasciando alla mia bella il tempo necessario affinché maturasse in lei un po' di nostalgia. La seconda settimana però passò ancora senza nessun segnale (una cartolina arrivò, ma dalla solita Tunisia: «Genere carovana di beduini nel deserto», mi anticipò il postino). La prima parte della vacanza a quel punto era terminata, e meditai amaramente sulle varie possibilità che le località marine offrono al turista in vena di svaghi. Il morso della gelosia fece crollare le mie mura, non ero riuscito a dimenticarla nemmeno per un minuto e continuavo a pensarci anche adesso che dal mare passava alla montagna. Una telefonatina, tanto per cortesia, ci sarebbe potuta stare in quella fase di passaggio; non venne, amen, però il pensiero della baita, dei boschi e del silenzio mi fu d'aiuto. Perché se c'era un ambiente ideale in cui avrebbe potuto riflettere con calma su cosa fare di me, be' era quello. Mi ero fatto

un'idea tutta mia della baita. Ai confini con la Svizzera, aveva detto. Alta quota, duemila metri, telefono manco a parlarne, acqua di sorgente da bere, per mangiare che ne sapevo, una scorta di scatolette o cacciagione. Insomma, avevo costruito una fantasia grazie alla quale, anche volendo, le sarebbe stato impossibile avere contatti con chiunque. Alle viste c'erano dunque altri quindici giorni di silenzio totale che avrei dovuto riempire col vuoto a perdere dell'attesa, contando i minuti, le ore. Invece fui fortunato.

La fortuna consisté in una chiamata per una breve sostituzione, giusto giusto due settimane, e in una condotta di montagna. A parte la non trascurabile opportunità di mettere qualche ghello in tasca, fu proprio la prospettiva di stare a mia volta quindici giorni in una località montana a rendermi lieve la seconda metà di settembre. Il collega, che per ragioni di famiglia doveva con urgenza recarsi altrove, risolse rapidamente certe difficoltà che gli esposi dopo avergli detto che accettavo volentieri. Per dormire e mangiare mi dava le chiavi di una mansarda con accesso indipendente e dotata di angolo cottura. Per spostarmi, le chiavi di una 500, l'auto che anche lui usava per girare le strade della valle. Quando, prima in treno poi in corriera, raggiunsi il luogo, il pensiero che mi sorse immediato fu che, se lei mi avesse telefonato, nessuno le avrebbe risposto: una piccola lezione che non ci sarebbe stata affatto male. Naturalmente per coccolare quella fantasia dovetti riformulare un po' l'idea che mi ero costruito della baita. La abbassai di quota e, pur sempre isolata, la posizionai a circa mezzo chilometro da un paesino dotato di tutto ciò che serve a sopravvivere, telefono compreso.

Quanto a me, mi mancava la vista del lago, e temevo la sera poiché il buio sembrava staccare la valle dal resto del mondo. Sognai un paio di volte di svegliarmi al mattino e di trovarmi da tutt'altra parte, e una notte la faccia ghignante del collega il quale mi avvisava che in quel postaccio lui non avrebbe mai piú fatto ritorno, mentre io ci sarei dovuto rimanere fino alla fine dei tempi. Piú spesso, però, nel sogno mi comparve lei, con la cornetta del telefono in mano, stizzita, a chiedersi come mai non rispondevo. Quando, terminata la sostituzione, tornai a casa, prima corriera poi treno, avevo pronto un piano d'azione. L'avrei lasciata tranquilla un giorno, forse due: dopo un intero mese di vacanza è necessario tempo per ritrovare i ritmi consueti e una certa dose di nervosismo accompagna sempre il ritorno alla quotidianità. Poi avrei telefonato.

Telefonai, ottobre era appena cominciato.
– Come va? – esordii.
Risposta.
– Come cazzo vuoi che vada?
Come volevo che andasse con sua madre che giusto due giorni prima aveva pensato bene di rompersi la gamba, tibia e perone, frattura scomposta, e che adesso era in ospedale in attesa di essere operata? Senza contare la prospettiva che, tra una cosa e l'altra, non avrebbe potuto lavorare almeno per un paio di mesi.

Come volevo che andasse con la serra, i conti, i clienti, i fornitori, i debitori cui doveva badare da sola?

Con il piccoletto, visto che la scuola era ricominciata, da accompagnare e riaccompagnare tutti i giorni e pure da seguire affinché facesse i compiti anziché fingere, dedicandosi invece alla lettura dei fumetti?

Con sua madre, ancora lei, che non poteva certo abbandonare in ospedale, visto che almeno una volta al giorno doveva portarle i cambi e anche qualcosa di decente da

mangiare, poiché non si accontentava di coscette di pollo, prosciutto pallido e crescenze insapori?
– Dimmelo tu come può andare, – concluse.
Restai senza parole.
Lei no.
Anzi.
– Scusami, – disse. Aveva bisogno di sfogarsi con qualcuno e purtroppo l'aveva fatto con me.
Quel purtroppo mi commosse. Aveva un certo significato, no?
– Figurati, – dissi a mia volta.
– Senti, – riprese lei.
Data la situazione in cui s'era ritrovata da un giorno all'altro doveva organizzarsi, magari anche cercare un aiuto temporaneo che le permettesse di tenere in asse la baracca.
– Insomma, capisci, no?
Capivo eccome. Lo stato solido era padrone completo del campo, quello gassoso avrebbe solo dato fastidio. Meglio che me ne stessi alla larga in attesa di tempi migliori.
– Sentiamoci piú avanti, fra un po'.
– Tranquilla, – risposi.
Baciai la cornetta prima di deporla.

Non era tutto negativo. Per sua stessa ammissione avevo accolto per primo il suo sfogo, e ciò significava che ero stato prescelto rispetto a dandy, viveur, cascamorti o avventurieri di una sola notte. Inoltre mi sentivo magnanimo perché avevo dato prova di comprendere il pasticcio in cui si dibatteva e mi ero arreso senza protestare davanti all'evidenza di doverla lasciare in pace, cosa che non credo sarebbero riusciti a fare certi personaggi abituati a scansare i problemi, soprattutto se altrui. Non mi sfiorò minimamente il pensiero che si fosse lasciata andare con me per la sola, semplice ragione che, animato dalla voglia di sentirla e riprendere il corteggiamento, avevo preceduto chiunque nel contattarla. E nemmeno mi sorse il sospetto che la sua richiesta di risentirci di lí a un po' fosse dettata da altra ragione diversa da quella di prendersi il tempo per organizzarsi in un momento delicato.

Trascorsi i giorni che seguirono avvolto in una sorta di compassionevole sentimento di vicinanza alla mia bella, promettendomi di ricompensarla con qualcosa di speciale nel momento in cui, uscita dalle difficoltà, sarebbe tornata a essere la Vívina (o Vivína) che avevo conosciuto, magari un po' meno scontrosa. Quanto le ci sarebbe voluto per ritrovare la serenità? Una settimana? Due? Meglio due.

Era la metà di ottobre quando stabilii che era matura l'ora di farmi risentire. Una telefonata, anche solo per sapere come le stava andando.

Mi rispose il moccioso, beccandomi al volo.
– Sei quello della macchina piccola?
Sorvolai.
Ma mi venne un'idea.
– Mi passeresti Vi...Vi... – e finsi di bloccarmi come avessi dimenticato il nome di sua sorella. Era l'occasione per capire dove cadesse l'accento.
– Vuoi mia sorella? – replicò lui, quasi avesse intuito la trappola.
– Sí, – sospirai.

Avevo ancora una speranza. Che il cretinetti, cornetta in mano, ne gridasse il nome per avvisarla che la cercavano al telefono.

Niente da fare. Se la prese anche comoda, perché ci volle un minuto d'orologio prima che lei rispondesse.
– Allora?

Fu lei a esordire cosí, anche se informarmi sarebbe toccato a me: se la stava cavando?
– Come ti va? – ribattei.
All'orecchio mi giunse un ghignetto.
– Coi morti in arrivo? – disse poi.
Pensai di aver capito male.
– Scusa?
– Cosa?
– Non ho capito. I morti...
– Ah he', – fece lei, – se uno vive sulle nuvole...
Se avessi avuto un secondo per dare un'occhiata al calendario non mi sarebbe sfuggito che di lí a un paio di settimane sarebbe caduta la festa di Ognissanti e quella di tutti i morti.
– È vero, – ammisi.
– Ecco, – sospirò lei.
Quindi, mi spiegò con un tono di voce che di gradino in gradino saliva sempre di piú, non mi sarebbe stato difficile capire che le due settimane che aveva di fronte si presentavano ancora piú gravose delle precedenti, considerato che sua madre era tuttora in ospedale e che il fratellino non le era di alcuna utilità sul lavoro e invece di notevole impiccio in casa per le ragioni che mi aveva già esposto. L'aiuto che aveva cercato s'era rivelato un lazzarone di conio che non poteva perdere d'occhio nemmeno un minuto, uno spreco di tempo, l'aveva cacciato dopo due soli giorni. Meglio fare da sola, sbuffò, aggiungendo che arrivava talmente stanca alla sera che andava a letto con le galline. Tale e quale alla Nonna Abelarda, non potei esimermi dal pensare.
Se anche avevo una mezza intenzione di chiederle di uscire una di quelle sere, svaní all'istante. Era chiaro che fino alla festività non se ne parlava, e nemmeno do-

po per almeno un paio di settimane perché avrebbe dormito e basta.
– Mi dispiace, – mormorai.
– Va be', ti saluto, – fece lei.
Guardai l'orologio, le otto, l'ora delle galline. Non ebbi nemmeno il tempo di augurarle la buonanotte. Deposi la cornetta e la sfiorai, gesto che mi ricordò la carezza che si stende su una bara già chiusa. C'ero io dentro la bara. Ma potevo, in qualità di morto, patire simili pene d'amore?

Finita per l'ennesima volta, e senza nemmeno essere cominciata. Chiunque si sarebbe arreso e pure io mi convinsi che fosse la cosa più logica. Dovevo elaborare il lutto di quell'insuccesso e seppellirlo, proprio come si fa con i morti. Era un'idea strampalata ma non priva di un certo fascino di stampo romantico che trovò di che nutrirsi nella stagione, quando il tempo virò verso una condizione di smaccata umidità alimentata da una pioggerella che cadeva a tratti e senza che il cielo si liberasse mai del tutto. Un grigiore che si stese non solo sulla mia anima ma, senza che me ne avvedessi, anche sul mio viso.

Il socio che mi prestava la macchina, che incontrai un tardo pomeriggio mentre passeggiavo sul lungolago guardando l'acqua ferma, mi chiese se per caso mi fosse morto il gatto.

Non ho gatti, avrei voluto rispondergli, sto celebrando il funerale di un amore mai nato.

Per celebrarlo degnamente, il funerale, il giorno della festa dei morti volli salire al cimitero per deporre sul mio sentimento una simbolica croce. Ennesimo errore.

Il tripudio di fiori che colorava la distesa di tombe fu una sorta di sberla, la prima, che mi accolse all'ingresso del cimitero; non potei fare a meno di pensarla, in relazione al suo lavoro. Fossi stato solo forse sarei ancora riuscito a tener fede al mio proposito e ad andarmene dopo aver tumulato i miei sentimenti. Di fatto, però, non lo ero. Anzi, mi parve di capire perché alcuni definivano quel giorno come la festa dei morti. Sembrava infatti di essere a una sorta di colossale raduno in cui i presenti, con la scusa di ricordare chi non c'è piú, si rallegravano di essere ancora tra i vivi col fermo proposito di dare la migliore immagine possibile di sé a chiunque si trovasse nei paraggi. Una sorta di fiera delle vanità, insomma, cui prendevano parte pellicce, cappotti di sartoria, acconciature maschili e femminili fresche di parrucchiere, profumi che sovrastavano quelli delle piante, saluti e sorrisi da lontano e, soprattutto, chiacchiere che si intrecciavano e che non avevano niente a che vedere col senso della giornata.

Poiché non avevo un motivo preciso per essere lí, tranne il mio stravagante proposito, girellai per una buona oretta lungo i sentieri che separavano i vari settori del camposanto raccogliendo via via segnali di vita sempre piú numerosi. Di sicuro coloro che erano lí un pensierino, una prece, come alcune lapidi raccomandavano, l'avevano rivolta ai defunti, ma fatto quello e un segno della croce al passaggio del prete benedicente, sarebbero tornati coi loro piedi e i loro pensieri all'esistenza che chiedeva di essere assaporata fino in fondo. Nessuno era lí, come me, per seppellire e dire addio a una speranza, un desiderio, un amore che, tra l'altro, non era mai stato espresso. Si palesò cosí, tutta intera, la mia stupidità. Mi sentii morto fra i morti, come i tanti che stavano sotto i miei piedi. Ma poiché tale non ero, tornai a immergermi nell'umanità che brulicava intorno a me. Mi guardai in giro osservando chi l'indomani sarebbe tornato al lavoro, a studiare, a fare qualunque cosa l'aspettasse nell'immediato futuro. Ciascuno aveva un progetto, le redini del proprio futuro in mano. E io? Il mio progetto era lei!

Rinviai la programmata tumulazione.

Mentre uscivo dal cimitero stavo già elaborando un piano: avrei lasciato passare qualche settimana perché si riposasse, poi le avrei organizzato una memorabile serata nel corso della quale mi sarei finalmente dichiarato.

11.

La sostituzione settembrina aveva dato ossigeno alle mie finanze e qualche soldino l'avevo, che attendeva solo di essere speso nel modo migliore. Con lei ovviamente, per lei. Circa la macchina, non avevo altra scelta che tornare a piatirla dal mio socio.

Lui a suo modo fu generoso, me la concesse, ma a due condizioni: che fosse l'ultima volta, promisi; e che gli lasciassi una caparra a copertura di eventuali danni tipo quello della gomma. Trattai, ci accordammo, gli mollai un paio di deca che non tornarono mai piú.

Il primo passo era fatto. Ora il secondo: trovare il posto dove offrirle una cena coi fiocchi.

Sapevo che la sponda opposta del lago, da sempre meta di turismo straniero con punte di eccellenza, pullulava di locali dove l'accoglienza era assurta ad arte. Certo, ce n'erano pure dalle mie parti e non avevano nulla da invidiare, ma nel mio progetto avevo inserito una specie di prologo di grande suggestione, ragione per cui, dopo aver spulciato una guida, scelsi un ristorante il cui nome mi sembrò una garanzia: *Douce France*. Fu forse tale nome a spingermi all'acquisto di un Arbre Magique da mettere in macchina? Non lo so, però lo comprai.

Adesso ero pronto a telefonare. Non mi sfiorava il pensiero che avrebbe potuto rispondermi no. Difatti non lo fece.

– Sei tu.
Un esordio coi fiocchi, mi aveva riconosciuto dalla voce. La presi alla larga: come stava la mamma, (a casa finalmente ma ancora inabile al lavoro. Inoltre i medici le avevano trovato il cuore un po' affaticato, meglio che si risparmiasse, da lí in avanti), il fratellino (a letto, erano le otto, c'era la scuola). E lei?
– Poco da fare.
– Periodo morto?
– Di morti preferirei non sentir parlare per un po'!
– Scusa.
– Tu?
Io, appunto.
– Ecco...
Mi sarebbe piaciuto invitarla a cena in un certo posticino di cui dicevano meraviglie, sparai. Un azzardo calcolato, perché un locale che si fregiava di tanto nome non poteva tradire, vantando anche una cucina internazionale e soprattutto no pizza.
– Sarebbe? – chiese lei.
– E no! – ribattei. Era una sorpresa, doveva fidarsi di me.
La sentii sospirare. Forse stava pesando la mia affidabilità. Fui tentato di rivelarle nome e luogo. Per fortuna mi anticipò, lasciando intatta la sorpresa.
– Quando? – chiese.
– Decidi tu.
Fu un fulmine.
– Allora domani.
– Domani? – non trattenni.
– Non va bene?
Non me l'aspettavo. Avevo messo in conto che per riuscire a strapparle l'ennesimo appuntamento avrei dovuto

attendere che si liberasse un posto nella sua agenda; mai vista in verità, sebbene per me fosse diventata una presenza tanto reale quanto fastidiosa. La sua risposta senza esitazioni mi convinse invece che aveva voglia di vedermi, che non aspettava altro, da giorni magari, da quando, passato il periodo dei santi e dei morti, aveva ritrovato un po' di tempo da dedicare a sé stessa, e anche a me. Gli innamorati, in fondo, sono sempre un po' cretini.
– Domani, – confermai.
Una volta a letto, ripassai per bene il programma della serata.

La mattina seguente per prima cosa controllai le condizioni del tempo. Nuvole o, peggio, pioggia avrebbero tolto un po' di magia a ciò che avevo immaginato. Stava montando un po' di vento, invece, garanzia per quel cielo stellato che l'aveva già tanto affascinata quand'ero rimasto a piedi. Mi tornò in mente la profezia del camionista. La vedremo, mormorai.
Per gran parte della giornata non feci altro che parlare mentalmente con lui, il camionista. Gli spiegavo che non tutte le donne sono uguali. Alcune come la non ancora mia Vívina (o Vivína) appartenevano a una categoria superiore che prima di concedersi vuole misurare la costanza, la profondità, l'affidabilità dei sentimenti altrui, dando cosí tempo anche ai propri di maturare. Una botta e via, come il camionista mi aveva fatto intendere essere nella sua filosofia, non valeva con donne dai celestiali malleoli. Per quella sera, gli dissi troncando il soliloquio, mi sarei accontentato di un bacio. Vero, però.

Il profumo di cui la mia bella si era cosparsa, e che invase prepotentemente l'abitacolo della macchina appena

le aprii la portiera – a tutto svantaggio del solito odore di stallatico che farciva l'aria di fuori – mi convinse che il bacio l'avrei avuto. Anzi, a dire il vero, l'impeto con il quale salí in macchina, mi illuse che l'avrei avuto subito, come viatico di una serata memorabile. Non fu cosí. Tanta fretta era dovuta al fatto che il fratellino aveva cominciato a fare i capricci e lei era sgattaiolata via di nascosto per non restarci invischiata. Va be', c'era tutta la notte a disposizione. Ingranai la retro.
— Vai, vai, in fretta! – ordinò lei.
Feci manovra e mi avviai.
— In giú? – chiese poi, notando la direzione che avevo imboccato. Stavo effettivamente tornando da dov'ero venuto.
— Non è che...
— No, – la interruppi.
Non la stavo portando in quello stesso ristorante dove nemmeno avevamo cenato, e dove ancora non mi ero azzardato a tornare per sistemare le cose; quest'ultimo particolare non lo precisai.
— Dove allora?
— Sorpresa, – sorrisi.
Mentre raggiungevo la prima tappa del mio programma tenni viva la chiacchiera raccontando delle impressioni raccolte durante la mia visita al cimitero il giorno dei morti, di quel fisico bisogno di vita che avevo avvertito concentrato in uno spazio ristretto e da cui avevo sentito sorgere il consiglio supremo: non sprecare il tempo, afferra i giorni, carpe diem e...
A metà della mia tirata mi interruppe.
— Ti spiacerebbe smetterla coi morti?
Se per caso me l'ero dimenticato, lei per un mese non aveva fatto altro che trattare, vendere e comprare crisantemi, preparare corone, allestire composizioni, anche visi-

tare e ornare tombe, giacché non le era riuscito di trovare qualcuno di affidabile che potesse darle una mano. Tacqui e lo feci per il tempo necessario a raggiungere il molo di un paese da cui partivano i traghetti per la sponda opposta. A quel punto fu lei a parlare.
– Cosa ci facciamo qui?

Traversare il lago, una sera di fine novembre, sotto un magnifico cielo stellato e una luna che di lí a poco si sarebbe palesata da dietro la montagna. Si poteva desiderare di meglio? Certo, c'era una leggera onda, il traghetto beccheggiava. Circa a metà traversata, mi accingevo a celebrare il paradiso terrestre che ci circondava. Mi voltai e...
– Ho un po' di nausea, – disse lei.

La guardai, era un po' smorta. Occhi chiusi. Mi augurai che non stesse per vomitare. Cominciai a temere disastri. Abbassai il finestrino per far circolare dell'aria fresca. Subito l'odore di pasta al sugo che i marinai stavano preparando per la propria cena si infiltrò. Sentii un singulto, era lei. Chiusi. Per fortuna la traversata non durò piú di un quarto d'ora. In prossimità dell'arrivo l'onda si placò, e pure la nausea. Ripresi coraggio. Le chiesi se fosse tutto a posto.
– Non capisco, – rispose.

Credetti di intuire cosa non capiva. Sapevo, le spiegai, che avremmo potuto raggiungere quel posto in macchina, ma mi era sembrato che attraversare il lago. Avevo intuito male.
– No, – interloquí, – non capisco come mai siamo l'unica macchina sul traghetto. Non c'è nessuno oltre a noi.

Fui lí per sparare la cazzata del secolo, rispondere che avevo affittato il traghetto in esclusiva. Il marinaio addetto allo sbarco me lo impedí facendomi segni nervosi. Volevo decidermi ad avviare la macchina e scendere? Lo feci con la lentezza consigliata e altrettanto lentamente passai sul lungolago per adocchiare il *Douce France*, che alla mia bella avrebbe fatto scordare la tribolazione della traversata. Mentre cosí procedevo, scagliando occhiate alla mia destra dove, sotto una lunga fila di portici, avrei dovuto scorgere il locale prescelto, Vívina (o Vivína) se ne uscí con un'affermazione assai pertinente.

– Sembra di essere in un cimitero.

Fui lí per ricordarle, scherzando, che a me aveva fatto promettere di non pronunciarla piú, quella parola. Ma non lo feci, perché lo vidi.

Eccolo lí, *Douce France*.

Ocristo!, mormorai.

L'insegna spenta, le serrande abbassate. E non potevo illudermi che di lí a un po' il locale si sarebbe animato aprendo le sue porte ai clienti, poiché erano ormai le otto di sera e quel buio, quelle serrande, quel rettangolo di carta che intravidi appiccicato sull'ingresso, non potevano significare altro che il *Douce France* era chiuso, chiusissimo. Se per ferie, per lavori di ristrutturazione o altro poco importava. L'avrei saputo se avessi fatto una telefonata, se non mi fossi lasciato prendere la mano dallo stato gassoso. Sarebbe bastato considerare che eravamo in novembre, stagione piú consona ai cimiteri, appunto, che non alle gite turistiche. Imbecille, mi dissi.

E meno male che avevo tenuto per me la sorpresa.

Proseguii. Era urgente pensare a un'alternativa, celare l'ansia di un pensiero che stava nascendo in quel momento. Citai Piero Chiara. Nei paesi di lago la vita è come il fuoco sotto la cenere...

– Cenere è sempre roba che fa venire in mente morti e cimiteri, – commentò lei.

– Se la soffiamo via scopriremo la fiamma, – conclusi con un groppo in gola.
– Sarà, – disse, mentre io parcheggiavo in una piazzetta vagamente esagonale.

Scesi per primo. La piazza era rischiarata da lampioni che spandevano una luce giallognola, roba che faceva venire in mente le malattie del fegato. Il porfido era umido. A una prima occhiata non vidi che poche finestre illuminate di case private e, affacciati sulla piazza, locali chiusi: ne contai tre, due bar e un *Restaurant*, tranne...
Sentii sbattere la portiera, poi la sua voce.
– Allora? Io avrei anche un po' di fame.
... tranne un'insegna benedetta ancora accesa, «Bar-Tabacchi», in un angolo della piazza.
– Be', anch'io, – risposi, simulando un tono leggero. In realtà avevo lo stomaco stretto in una morsa.
Ma se nel frattempo ci fossimo fatti un aperitivo? Intanto lei mi si era affiancata.
– Buona idea. Ma dove?
– Dove... – mormorai. Nell'unico posto aperto che avevamo sotto gli occhi.
– Quello? – fece lei indicando il Bar-Tabacchi.
Non le sembrava granché, continuò, ma muovendosi in quella direzione con un'eco di tacchi. Raggiunse lei per prima la soglia del locale, quindi toccò a lei percepire per prima l'odore stantio di fumo e sudore, con un fondo di latrina, che subito dopo raggiunse anche me. E fu a lei che un soggetto, cui io lanciai un'occhiata oltre le sue spalle, chiese:
– Cosa volete?
Spostandomi di lato studiai l'ambiente. La maggior parte delle sedie erano impilate sopra i tavoli. L'uomo all'interno non era esattamente l'icona del cameriere. Camicia

scozzese con le maniche rimboccate, pantaloni di tela verde. Aveva in mano uno spazzolone e ai piedi un secchio dal cui bordo pendeva uno straccio.
– Bere qualcosa, – risposi io, prendendo l'iniziativa.
– Sto chiudendo, – fece lui.
L'orologio appeso al muro, tra il settore delle sigarette e quello dei liquori, segnava le otto e trenta. Avvertii lo sguardo di lei girarsi verso di me e farsi una domanda, la stessa che mi stavo ponendo io. Dove cazzo eravamo finiti, dove l'avevo portata? L'ala della disgrazia stava per accarezzarmi di nuovo. Dovevo reagire.
– Sia gentile, – dissi, avanzando di un passo all'interno del locale.
Lui guardò i miei piedi, caso mai lasciassero impronte sul pavimento che peraltro non aveva ancora lavato. Sbuffò, cacciò lo spazzolone nel secchio. Senza parlare si portò dietro il bancone.
– Vino, – dichiarò. – Bianco o rosso –. E tirò fuori due bicchieri, da grappa e opachi. Sulle sue dita notai piú di una verruca.
Sorse la voce della mia bella.
– Magari due prosecchini?
Era chiaramente una provocazione, e non rivolta al barista. Dovevo mantenere la calma.
– Bianco o rosso, – ribadí quello, impassibile.
– Allora bianco, – decise Vívina (o Vivína) con un sorriso angelico con il quale accompagnò subito dopo la richiesta di qualcosa da sgranocchiare per accompagnare l'aperitivo. Era una dichiarazione di guerra alla quale l'uomo rispose cacciando la mano sotto il bancone e tirando fuori una ciotolina semipiena di olive rugose. Sul fondo due noccioli già spolpati. Ancora un istante e sarebbe stata guerra vera. Vidi la bocca di lei aprirsi per sparare il primo missile

e capii che dovevo intervenire. L'intenzione era salvare il salvabile, e invece mossi il passo decisivo che mi fece precipitare nel baratro.

Gentilezza.

Certa gente con la buona educazione la ammansisci, la domi.

– Mi scusi, – dissi, – potrebbe indicarci un buon ristorante?

Quello mi guardò come se non avesse capito. Fu lí per mettersi a ridere, ma si ricompose immediatamente.

– Come? – chiese corrugando la fronte.

Riformulai la richiesta.

– Un posto dove cenare.

Su quel viso patibolare comparve una specie di ghigno.

– A casa, – rispose.

– Sarebbe a dire? – chiesi io.

In quell'istante mi sdoppiai. Non ero lí. Ero solo, da qualche altra parte, forse sul mio terrazzo a guardare i pesci o nel mio letto a dormire e sognare. Non lí mentre quello stava spiegando che: – Se pensate di poter cenare qui, stasera, è perché vi siete portati dei panini al seguito.

Eravamo forse ciechi? Non avevamo visto che alberghi e ristoranti erano tutti chiusi?

– Chiusura invernale, – specificò.

Chi glielo faceva fare, a quelli, di tenere aperto in un posto cosí che nella brutta stagione arrivava sí e no a un migliaio di residenti tra pensionati, bambini e frontalieri che partivano alla mattina e tornavano alla sera. Cara grazia che ci fosse lui col suo Bar-Tabacchi a tenere aperto per quella decina di vecchi che passavano la maggior parte della giornata giocando a carte e bevendosi un bianchino ogni tanto. E cara grazia, caricò, che l'avessimo trovato aperto quella sera, giusto perché aveva deciso di pulire il pavimento. Sennò alle sette, sette e mezzo al massimo, via, *raus*, e buonanotte al secchio.

– La vita qui comincia a primavera e finisce con l'inizio dell'autunno. Dopodiché stop, – concluse, – un cimitero.

E a quella parola tornai a essere lí, cosciente di avere lei al mio fianco.

Dopo un istante non c'era piú. Un ticchettare cadenzato di passi, metronomo di rabbia gelida, segnalò al sottoscritto che stava uscendo dal locale. Il vino era ancora nei bicchieri. Guardai il padrone del Bar-Tabacchi che scuoteva la testa, misi dei soldi sul bancone, uscii. Il giallo che colorava la piazza aveva un che di febbrile adesso, come un attacco di terzana. Avevo lo stomaco sempre stretto, la mente vuota. Sapevo che sarebbe toccato a me rompere il silenzio dentro il quale mi stava aspettando, ma non sapevo come fare: dovevo confessarle che mi ero illuso di trovare in quel posto la stessa vita che lo animava d'estate benché fosse novembre?

Mi attendeva di lato alla macchina, dandomi la schiena, immobile. Oltre lei il buio, il lago scuro, il vento che stava rinfrescando. Toccava a me. Fu ancora lei, invece, a prendere l'iniziativa. Senza girarsi a guardarmi.

– Torniamo di là.

Sulla nostra sponda, cioè. D'accordo. Però.

– Però? – sempre senza girarsi.

C'era il problema che ormai i traghetti avevano finito le corse. Il che significava che avremmo dovuto farlo in macchina: un'orettina, addolcii, a occhio e croce, e... Visto che il ghiaccio era rotto, considerato insomma che, pur se di spalle, il dialogo era ripreso, valutai l'opportunità di scusarmi per la mia dabbenaggine. Forse avrebbe considerato almeno la bontà della mia intenzione. Niente da fare. Si voltò.

– Io ho fame, – disse.
Gli zigomi sembravano piú pronunciati, come se in quel paio d'ore fosse davvero dimagrita. Non mi azzardai ad aggiungere niente. Ma pensai che sulla strada del ritorno avremmo di sicuro trovato qualcosa di aperto per sfamarci. Sarebbe bastata anche una pizza, a quel punto. Anzi, come si dice, una bella pizza.
– O stiamo qui ad aspettare l'inizio della stagione estiva? – ironizzò lei.
Incassai.
– Certo che no, – risposi.
Salendo in macchina vidi che anche il Bar-Tabacchi aveva chiuso. Dietro la porta, però, si stagliava immobile il profilo del suo proprietario. Forse si stava ancora chiedendo da che mondo fossimo calati per pretendere di cenare lí in quella stagione.

A destra il lago.
Appena partiti Vívina (o Vivína) appoggiò il viso al finestrino. Non avevo un'idea precisa di quanti paesi ci fossero lungo il tragitto. Guidavo con prudenza. Me lo imponevano il buio, le curve, le riflessioni su come raddrizzare l'ennesima serata storta. Il desiderio, soprattutto, di trovare infine un posto dove fermarsi. A stomaco vuoto non si fanno e non si ricevono dichiarazioni d'amore. Tenevo d'occhio le insegne. Bar, da scartare; negozi di vario genere le cui vetrine erano inopinatamente illuminate. Eravamo in macchina da una ventina di minuti quando lei diede un primo segno di vita con uno sbadiglio che giudicai fosse un sintomo di fame; accadde mentre stavo per annunciare che mi pareva di avere avvistato un ristorante. All'orizzonte, poco oltre l'ennesimo paese, spiccava un'insegna rossa, lampeggiante. Un faro per naviganti affamati. Tac-

qui per prudenza, e feci bene, perché quando fummo nei pressi constatai che era un auto-moto salone qualcosa: tre enormi vetrate che esponevano di tutto e sul tetto l'arrogante insegna che mandai affanculo.

– Come dici? – le prime parole di lei.

– Niente, – mormorai.

Ma, perdio!, doveva pur esserci qualcosa su quella diavolo di sponda.

C'era, per la miseria, c'era! Una nuova insegna, verde questa volta, attirò il mio sguardo nell'istante in cui dal lato passeggero sentii alzarsi un secondo, prolungato sbadiglio che aveva piú il carattere del sonno imminente. Accelerai, tacendo, compitando tra me le lettere luminose, parzialmente nascoste dallo striscione di una sagra ormai passata, che si palesarono l'una dopo l'altra fino a rivelare la scritta per intero:

PIZZAMENTI
FERRAMENTA – ARTICOLI PER LA CASA E PER L'EDILIZIA.

Era finita. Ormai eravamo quasi al capolago, punto di svolta per rientrare da noi. La parziale conoscenza della zona mi fece convinto che da quel punto in avanti non avremmo trovato se non poche case sparse. Eppure proprio lí, isolata come un'oasi nel deserto, spuntò una pizzeria. Piccolina, ma pizzeria. Vera. E aperta. Nel parcheggio tre macchine, nella sala gente che stava mangiando. Mi fermai.

– Cosa fai? – chiese lei.

– Be'... – mi riuscí di dire.

– Non ho piú fame, – annunciò.

– In che senso? – chiesi.

– Devo spiegartelo? – rispose lei.

– Cosa vuoi fare allora? – domandai.

– Andare a casa, – sentenziò.

Mi sentii morire. Significava che non avrei avuto il tem-

po di dirle quello che mi ero prefisso, confessarle che fin da quella sera di luglio...
– Senti, io volevo... – attaccai.
– A casa, – ribadí lei.
Cos'altro potevo fare? Ripresi la strada. Lei riappoggiò il viso al finestrino.
Ma un cuore innamorato non si arrende mai. Infatti, non appena giungemmo davanti a casa sua...

Dopo aver guidato per una ventina di minuti lungo una strada pressoché buia, con addosso il peso del silenzio che sembrava seduto con noi in macchina, giunto davanti al suo cancello mi aspettavo che lei scendesse al volo, senza nemmeno salutare, sbattendo la portiera, cose del genere. Sarebbe stato logico al termine di una sera tanto disgraziata. Invece no. Attesi un po', cercando di capire cosa significasse il suo stare lí. Avrei dovuto chiedere scusa per l'accaduto, ma non osavo parlare. Ruppe lei lo stallo.
– Dimmi.
– Cosa? – chiesi.
Si girò a guardarmi. Da quando eravamo risaliti in macchina non l'aveva mai fatto.
– Prima, cosa volevi dirmi?
– Prima... – tentennai.
– Sí, prima, davanti a quel buco di pizzeria.
Prendere o lasciare. Strinsi forte le mani sul volante.
– Ecco, Vívina... – partii.
Ma lei, subito, mi interruppe.
– Come mi hai chiamato?
L'accento! Corsi subito ai ripari.
– No, scusa Vivína...
Mi fermò di nuovo.
– Vivína? – sbottò.

La guardai a bocca aperta.
- Ti sei dimenticato come mi chiamo? – insisté.
- Ma no, – mi difesi.
- E allora dimmelo.

Non mi sembrava il caso di raccontarle che glielo avevo sentito bofonchiare nel corso di un rigurgito alcolico, e in seguito, per quanto avessi tentato, non ero piú riuscito a farlo pronunciare da anima viva.
- L'ho letto sul giornale, ma era senza accento e... – cercai di spiegare.
- Ma che giornale, che accento e accento! – troncò lei. Poi dopo un istante di silenzio.
- Mi chiamo Vívida, – disse. – Ví-vi-da, – sillabò subito dopo.
- Bel nome, – commentai senza crederci.
- Lascia perdere e dimmi che sennò facciamo mattina.

Inspirai.
- Ecco, volevo solo dirti che mi sembra di essere innamorato di te, – buttai fuori senza guardarla in viso.
- Ti sembra o lo sei?

Lo ero eccome.
- Lo sono, – ammisi.

Le mie orecchie non vollero credere a quello che sentirono subito dopo.
- Finalmente!

Finalmente?
- Finalmente? – domandai.
- E certo. O pretendevi che te lo dicessi io?
- Quindi, anche tu...
- Io cosa?
- Intendo, anche tu sei...

Mi anticipò.
- Innamorata di te?

– Eh.
– Nemmeno un po'.
Mi sentii gelare, al di là del freddo che si stava impossessando dell'abitacolo.
– Sarebbe a dire?
– Quello che ho detto, – rispose pianamente lei.
Insomma era ora che mi dichiarassi in modo che lei potesse disilludermi.
– O secondo te tocca a una donna farsi avanti per prima, per il sí o per il no?
Lasciai cadere la testa sul sedile.
– Quindi è proprio finita, – esalai.
– Ti pare che sia mai cominciata?
La guardai.
– Per me sí, fin da quella sera di luglio, – risposi.
Sulla sua fronte comparvero delle rughe.
– Quale sera? – chiese, drammaticamente sincera nell'averla dimenticata.
La sera in cui il privilegio di essere giovani dominava il mondo, avrei voluto dirle. Tacqui, però. E lei ne approfittò per congedarmi:
– Va bene, ciao. Mi dispiace, non te la prendere.
Non erano in fondo cose che capitavano, da che mondo era mondo?
Evitai di guardarla mentre si allontanava. Mi aspettava una notte infinita.
Ma un cuore innamorato non sente ragioni, sogna sempre. E i sogni non sono forse desideri?

Mi aspettava una notte infinita, infinita e insonne. Perlomeno era quello che credevo mentre guidavo. Invece, quando raggiunsi il letto dove mi sdraiai vestito e convinto che avrei contato tutte le ore che mancavano all'alba, senza rendermene conto mi addormentai, vinto da una stanchezza piú dell'anima che del corpo. E sognai. Una confusione di immagini, stelle e verruche, nelle quali di tanto in tanto si inseriva lo squillo del telefono che mi obbligava a brevi risvegli quasi fosse reale. Silenzio invece, ma ritornando nel sonno e nel sogno il telefono riprendeva a squillare: all'altro capo del filo c'era lei che mi diceva di essersi sbagliata, che ci aveva ripensato, che che che... Quando aprii gli occhi per l'ennesima volta era mattina e impiegai qualche istante per capire che stavolta il telefono suonava sul serio. Ero tutto stropicciato, ma poco importava, perché tanto lei non avrebbe visto com'ero ridotto. Sí, perché ero convinto che fosse lei proprio come nel sogno. Sollevai la cornetta pronto a salutarla col suo vero nome che, tra l'altro, avrei pronunciato per la prima volta da che la conoscevo. Non ebbi il tempo di farlo.

– Testa di cazzo che non sei altro! – grugní una voce.
– La mia macchina dov'è?

Il mio socio! Mi ero dimenticato di lasciargli la macchina sotto casa.

– Di', sei lí? – insistette, giacché non avevo ancora profferito parola. – Rispondimi, come cazzo faccio ad andare al lavoro senza macchina?

– Scusa, – squittii, – è che...

– È che non me ne frega un cazzo, – mi interruppe lui. – Fra cinque minuti la voglio qui.

– Ma sí, certo, poi ti spiego, – dissi.

– No, – fece lui, – te la spiego io una cosa. D'ora in avanti quando ti serve una macchina ti trovi qualcun altro che te la presta, o magari te la compri. Con me hai chiuso.

L'aveva detta giusta.

– Non solo con te, – mormorai.

Ma lui aveva già riattaccato.

12.

Dei tre giorni che seguirono ho l'inverosimile ricordo di averli trascorsi in apnea, quasi volessi trattenere nei polmoni tutto l'ossigeno possibile al fine di scattare come un ghepardo qualora il telefono avesse squillato. E già, perché non avevo ancora abbandonato la speranza che lei, Vivida, finalmente mi chiamasse. Uscii anche a fare due passi, un po' controvoglia perché mentre ero fuori mi convincevo che il telefono stesse squillando: era lei che mi stava chiamando, ma di sicuro, mi dicevo, non trovandomi avrebbe tentato e ritentato finché non avessi risposto.
 In realtà nel corso di quei tre giorni il telefono squillò una sola volta, e all'altro capo del filo parlò una voce maschile.
 – Non ci sono, – risposi, e riattaccai.
 In una di quelle uscite trovai il mio socio, quello della macchina; brava persona, in fondo, del genere cui le incazzature passano nell'arco di una mezza giornata.
 Finiva il terzo giorno da che Vivida mi aveva mollato senza che mi avesse mai preso in considerazione, e il mio sembiante si era arreso a quello dell'uomo profondamente ferito dalla vita: il viso floscio, l'occhio da pesce lesso. Un totale che, quando lo noti in faccia a qualcuno, cambi strada. In caso contrario tocca chiedere cosa c'è che non va e di seguito subirsi il resoconto di una serie di guai e dolori cui si deve porgere una finta attenzione, pur essendo una rottura di coglioni.

Tuttavia lui non mi schivò. Anzi: – Cos'è, ti è morto il gatto? – mi domandò come al solito, segno evidente che il mio dolore non gli era sfuggito.
– O è per la macchina? – aggiunse subito.
La macchina che aveva giurato, per due volte, che non mi avrebbe piú prestato.
– Va' là, dài, mi giravano le balle, – proseguí. Dovevo capire che a lui serviva per il lavoro, mica per andare in giro a fare il donda con le belle bionde (anche se Vivida era mora). In ogni caso, mi disse, se non gli avessi piú fatto scherzi da prete, era disposto a concedermela ancora.
– Grazie, ma non mi serve piú, – mormorai.
– L'hai comprata? – si informò.
Sí, magari.
– Nuova o di seconda mano? E la marca, il modello?
Una pena quell'interrogatorio. Avevo un groppo in gola. Tra le altre cose eravamo in piazza, era buio e le vetrine di bar e negozi, essendo ormai prossimo il Natale, risplendevano di luci colorate, festoni, ghirlande; da un locale che aveva posto all'esterno due altoparlanti usciva una nenia natalizia languida: una cornice di allegria senza screzi che si opponeva ferocemente alla nera solitudine in cui mi trovavo.
– Nessuna marca, nessun modello, – tagliai corto.
Perché quella mi aveva mollato, aggiunsi.
– Quella, – dissi, sottolineando. Per un istante mi sentii forte, uomo. Una donna vale l'altra. Quindi, quella. Ma fu una breve parentesi nel dolore. Perché: – Cazzo! – sbottò il mio socio.
Con tutte le volte che mi aveva prestato la macchina, tutta la benzina che avevo bruciato, tutte le notti passate chissà dove e a combinare chissà che, pensava mi fos-

si fatto la morosa fissa. Era anche curioso di sapere chi fosse la tipa che mi aveva incastrato cosí bene, perché, precisò scusandosi, c'erano stati dei giorni in cui guardandomi gli avevo dato l'impressione di essere completamente rimbecillito.
– E invece no, – dissi.
– Ma avete litigato? – insisté lui.
Anche se non era un esperto di quelle cose, sapeva, cioè immaginava, che ogni tanto...
– ... tra uomo e don... – ma si corresse subito: – Tra uomo e femmina certe discussioni possono capitare.
Però mica era il caso di mettere su una tragedia. Bastava lasciar passare un po' di tempo: le acque si calmano, ci si presenta con un bel mazzo di fiori...
– Tocca all'uomo fare il bel gesto, anche se la colpa non è sua.
... un invito a cena in un bel posticino...
– E poi *trac*! – concluse con un gesto di braccio e polso piú che allusivo.
L'accenno al bel mazzo di fiori fu una vera coltellata.
– Di me non gliene è mai fregato un cazzo, – annunciai.
– Vuoi dire che... – fece lui.
– Voglio dire che, – confermai.
Ma il mio socio non aveva mica intenzione di fermarsi, i puntini di sospensione li aveva usati solo per riflettere un momento e fare il bilancio della situazione.
Volevo dire che da quando mi aveva prestato la macchina la prima volta...
– Cos'era, luglio... i primi, no?
Sí, piú o meno.
... per tutta l'estate e poi l'autunno fino all'ultima volta, quando mi ero dimenticato di riportargliela sotto casa...
Già.

... avevo mai combinato qualcosa? Le ero corso dietro come un cagnolino, magari anche al guinzaglio, che ovviamente teneva in mano lei?
– Davvero? – insisté.
Rispondere?
Tacqui.
Parlò lui.
– Cazzo, mi dispiace. Ma ti facevo un po' piú furbo, – concluse.
– Non importa, – dissi.
– Se lo dici tu...
Tacemmo entrambi, a quel punto. Il suo imbarazzo era evidente. Da soggetto pratico qual era non disponeva degli strumenti, e credo nemmeno della voglia, per assumere il ruolo di consolatore degli afflitti. L'unica via d'uscita gli sembrò quella di proporre di andare a bere qualcosa.
– Cosí ci tiriamo su.
– Ci? – chiesi.
Per tutta risposta si strinse nelle spalle. Piú di cosí non poteva fare.
– No, grazie. Torno a casa, – risposi, sotto sotto il pensiero del telefono che squillava nel vuoto.
– Va be', allora ci vediamo, – replicò lui.
E, probabilmente per evitare che ci ripensassi, mi assestò una pacca sulla spalla e si diresse verso il bar da cui i canti natalizi uscivano levandosi verso il cielo stellato.

Forse avrei fatto bene a seguire l'invito del mio socio. Invece restai lí fermo ancora per qualche minuto commettendo un grave errore, poiché senza nessuna distrazione ciò che mi stava sotto gli occhi – luci, musica, risate che giungevano da chissà dove, pure il cielo stellato – assunse un carattere nemico.

Allegria!
Tanto, a chi fregava se io stavo soffrendo?
Fu l'inizio di una specie di delirio che mi accompagnò sulla strada del rientro. E va bene, mi dissi, se cosí doveva essere, cosí sarebbe stato. Se il mio destino era quello del lupo solitario, meglio cominciare subito. Girare le spalle alle luci, tappare le orecchie alla musica, mai piú levare lo sguardo al cielo stellato ma tenerlo fisso sui piedi che un passo dopo l'altro mi stavano riportando a casa. Poi, una volta dentro, chiudere il mondo fuori con due mandate e dare avvio a una nuova vita, aliena dalle lusinghe, lontano da tranelli come l'amore o l'amicizia, maschere che si usano all'occasione per togliersele subito dopo. Dell'amore avevo già sperimentato l'equivoco, l'amicizia mi aveva appena dato una prova di quanto valesse. Il mio socio, appunto. Bravo, buono, generoso, tutto ciò che si voleva. Ma al momento del bisogno s'era dato alla grande. Certo mi aveva proposto di bere qualcosa insieme. Ma era stato un gesto puramente formale, tant'è che quando gli avevo risposto di no mica aveva pensato di insistere. Colta al volo l'occasione mi aveva piantato lí. E allora che andasse a quel paese pure lui con le luci, il cielo stellato, il Natale, la musica e tutto il resto.
Quanto mi stavo esaltando!
Già mi vedevo, chiuso nella mia stanza da mesi, la barba lunga, che uscivo solo di notte per non dovermi mai piú esporre alla luce del sole. E intanto sentivo, parte integrante di quel delirio che durò un quarto d'ora, il campanello suonare, premuto da qualcuno che si era chiesto che fine avessi fatto. Il postino con quelle ridicole cartoline dalla Tunisia; gli avrei detto di buttarle nel primo cestino per la spazzatura. O magari il mio stesso socio, cui non avrei aperto né risposto, spingendolo, chi lo sa, a chiamare i vigili del fuoco.

Entrato in casa, il delirio ancora vivace, non ancora chiusa la porta con le stabilite due mandate, picchiai una violentissima craniata contro uno spigolo. Suonava il telefono infatti e, senza accendere la luce, mi ero precipitato ad afferrare la cornetta.
Una voce.
– E be'?
Che fossi ancora immerso nel delirio?
– Allora?
Allungai un braccio per accendere la luce, per verificare di avere davvero la cornetta in mano, di essere davvero al telefono con lei.
– Ma sei tu? – chiesi.
– No, mia sorella.
Non ne aveva.
– Vivida? – insistetti.
– Chi vuoi che sia.
– Come mai?
– Come mai? Mi chiedi come mai?
L'avevo appena fatto.
– Non ci arrivi?
No, non ci arrivavo.
– Be', – ironizzò, – si vede che tutti i libri che hai letto e studiato ti sono serviti a poco.
Probabile, pensai, perché continuavo a non capire.
– Di uno che si arrende alle prime difficoltà non so che farmene, – mi informò.
Cominciavo a intuire qualcosa.
– E sarei io quel qualcuno? – chiesi timidamente.
– Con chi sto parlando? – ribatté lei.
– Ma... – feci.
Mi batté sul tempo.

– Non è mia abitudine telefonare a quelli che mi stanno dietro, – disse.

Mi distrassi un picosecondo al suono di quel «dietro», che mi fece balenare il suo armonioso fondoschiena. Ma dovetti immediatamente fare mente locale per non perdere ciò che, mi avvisò, era sul punto di dirmi.

Perché stava facendo un'eccezione, quindi che aprissi bene le orecchie. Aveva aspettato tre giorni – tre! – una mia telefonata, ma evidentemente ero stato troppo impegnato – ironica! – per dedicarle un paio di minuti. Oppure – allusiva! – avevo esaurito la costanza, e il mio cosiddetto – di nuovo ironica – innamoramento s'era sciolto come neve al sole solo perché lei aveva fatto un po' di resistenza con lo scopo di mettermi alla prova.

– Un po'? – riuscii a interloquire.

Ma se non aveva fatto altro che menarmi per il naso per tutta l'estate e l'autunno, ridicolizzandomi anche di fronte a quell'imbecille di suo fratello, sfruttandomi per comprendere meglio il suo mal di testa, il che in fondo, precisai, significava che tutti i libri letti e studiati a qualcosa erano pur serviti, se...

– Chi mi vuole, mi deve meritare, deve fare per un po' l'apprendista, – mi interruppe lei.

Gli smidollati che si fermavano a metà della salita non le interessavano.

Apprendista.

– Ho capito, ma...

– Mi vuoi? – mi interruppe lei.

Un residuo del delirio era ancora lí. La barba, però, non era cosí lunga, nessuno ancora si stava chiedendo che fine avessi fatto, e soprattutto il mio socio non aveva chiamato i vigili del fuoco. Svaporò in un amen.

– Sí, – risposi.

– E allora fatti vedere.
– Quando?
– Come quando? Subito, – ordinò.
– Arrivo, – obbedii.
Restai lí, la cornetta attaccata all'orecchio, con un solo pensiero.
Cazzo, la macchina!

La macchina, cioè il mio socio.
Il mio caro, vecchio, generoso amico che non piú di un'ora prima mi aveva garantito che, in caso di necessità, me l'avrebbe ancora prestata. Disorientato, confuso com'ero, composi il suo numero di telefono con ancora la cornetta in mano che mandava il suo monotono *tuu tuu*. Respira, mi dissi, respira. Riattaccai, composi di nuovo il numero e attesi. Mi aspettavo una risposta immediata, due, tre squilli, non di piú. Ne contai dieci senza ottenere risposta. Era mai possibile? Cioè, era possibile che proprio quella sera, la sera in cui Vivida mi aveva chiamato per farmi intendere che non le ero indifferente, che voleva vedermi – subito! – per riallacciare, o meglio avviare, una relazione con me qualche accidente si frapponesse tra noi due e rovinasse tutto? Mi autoinvitai alla calma. Era possibile, certo, ma in un senso molto meno catastrofico. Magari il mio socio aveva trovato qualcuno con cui s'era dilungato a parlare e ancora non era tornato a casa, in fin dei conti era presto. Oppure era tornato ma stava al cesso e rispondere non gli era stato possibile. O era sotto la doccia. O, ancora, stava rientrando proprio mentre il telefono emetteva i suoi ultimi squilli e non era arrivato in tempo. Elencando tutte le varie, reali possibilità, feci trascorrere una decina di minuti prima di rifare il numero con un indice che tremolava un po'.

Se ancora non mi avesse risposto?
Uno, due squilli, poi:
– Pron..
... un singhiozzo...
– Pronto?
– Finalmente, – sospirai.
– Cooome?
– Oh, sono io, hai capito?
Non ci fu risposta, solo un rumore seguito da un'imprecazione, «porca puttana!», e da uno «scusa», un po' biascicato. Non per la parolaccia, gli era sfuggita di mano la cornetta.

Poi una risata e un'altra parolaccia frammista al riso.

E io compresi il perché della mancata risposta alla prima telefonata, il perché di quelle poche parole che adesso uscivano incerte dalla sua bocca e il perché della cornetta sfuggita di mano.

Le cattive compagnie. Niente di nuovo, ci ero cascato anch'io piú di una volta. Bastava aggiungere l'orario serale con la giornata di lavoro alle spalle, l'atmosfera di festa per il Natale ormai prossimo, un senso di generale lievità che ingentiliva anche i grugni piú resistenti all'allegria e il gioco era fatto. Ci si trovava in quattro o cinque in un bar e, da sobri, nell'arco di una mezz'oretta si poteva raggiungere un'invidiabile ebbrezza. Era sufficiente che uno del gruppo, mosso da una generosità d'occasione, suggerita dalla languida musichetta aleggiante nel locale, decidesse di offrire da bere e la maratona partiva.

«Sto giro lo pago io».

«Il secondo tocca a me».

E cosí via, di tappa in tappa, fino al traguardo finale, con tutti vincitori.

Come sottrarsi?

In buona sostanza, il mio socio era brillo.
Meno male che non l'avevo seguito.
– Ascolta, – dissi.
– Dài, – fece lui.
Ridacchiava ancora.
– Mi serve la macchina, – sparai.
– La macchina? – replicò.
Non piú incerto nel parlare, come se una doccia gelata lo avesse snebbiato all'istante.
– Sí, la macchina, la tua, – confermai.
Comprendevo il suo sconcerto. La sua bontà, la sua generosità erano cardini di un carattere pacioso, di un intendere la vita come una serie di giorni piú o meno tutti uguali nella quale i repentini cambiamenti non erano previsti, né tanto meno bene accetti. Quindi il fatto che un paio d'ore prima gli avessi detto che la macchina non mi sarebbe piú servita e che ora fossi di nuovo lí a chiedergliela lo stava disorientando.
– Ma se… – disse infatti.
– Lo so, – lo interruppi.
Ma nel frattempo era successa una cosa che…
– Va be', va be', – mi interruppe lui.
Tutto sommato fu un colpo di fortuna. Già, perché se mi avesse lasciato continuare ero pronto ad aprirgli il mio cuore, raccontargli quanto quella donna mi avesse stregato, descrivergli la schizofrenia di quello stesso momento nel quale, sebbene fossi al telefono con lui, avevo nello sguardo i suoi magnifici, scattanti malleoli da cui tutto era partito. Gli avrei dato materia per prendermi per il culo sino alla fine dei tempi.
– Se ti serve è lí, al solito posto, – disse poi.
– A benza com'è messa? – chiesi.
– Boh, è da un po' che non mi fai il pieno, – scherzò.

Tagliai corto.
- Grazie.
Avevo fretta.
- Ue', - mi bloccò lui.
- Cosa c'è?
- Va' che se ti sposi voglio farti io da testimone.

Fu Nonna Abelarda ad aprirmi, con un'espressione sorridente. Una cosa per lei inusuale.
Le sei coppie di muscoli che vengono coinvolte nell'azione del sorridere erano in evidente stato di atrofia. Massimamente fuori forma gli *zygomaticus major* e *minor* che non smossero di un millimetro gli zigomi di competenza.
Ma la cosa stupefacente fu che, aperta la porta: - Buonasera, dottore, - mi salutò.
Le guardai le unghie, erano sempre in lutto. Era proprio lei. Né mi voltò la schiena come l'altra volta, né attaccò la solfa sui miliardi, la vedovanza, le preoccupazioni.
- Non stia lí che prende freddo, si accomodi, - disse.
E non in cucina, ma nel salotto dove ancora echeggiavano le risate dell'Imbecille durante la seratina Charlot. Imbecille che arrivò subito dopo, facendomi temere una nuova scenata. Invece anche lui, come Nonna Abelarda, aveva evidentemente subito una ripassatina.
Al mio: - Ciao.
Rispose: - Buonasera.
E quando gli chiesi cosa facesse, disse che sarebbe andato a letto.
- Buonanotte, - e sparí.
Restai solo.
Il silenzio era pressoché assoluto.
Faceva anche freddino. E il pesante arredamento del salotto emanava una profonda idea di abbandono. Se quei

mobili avessero potuto parlare ero certo che mi avrebbero chiesto perché mai erano stati messi lí, visto che nessuno li usava o apprezzava come meritavano. Quel locale, mi avrebbero detto, era stato arredato giusto per riempire uno spazio vuoto, non aveva mai ospitato uno sprazzo di vita quale che fosse, era una sorta di museo, di angolo dimenticato che si era animato, se cosí si poteva dire, solo anni prima quando aveva ospitato il feretro del padrone di casa, quello schiattato sotto il trattore.

E io cosa ci facevo lí?

Non me ne poteva venire niente di buono, sarei diventato come loro, un oggetto che altrove avrebbe avuto una funzione e che lí invece confermava come nella vita non esista un destino, ma ci sia solo caos. In quel locale il tempo si cristallizzava in un unico istante privo di emozioni, di colori, estraneo a tutto ciò che accadeva al di là dei muri. Era un buco nero dal quale, una volta risucchiati, non si poteva piú uscire.

Cazzo, stavo parlando coi mobili! E inoltre mi pareva che non avessero tutti i torti. Forse fu il silenzio che regnava in casa, o la temperatura o il fatto di non avere al polso un orologio, cosí che non potevo calcolare da quanto fossi lí in attesa (di cosa poi? Di lei, di Vivida, certo. Ma se non compariva?), o tutte queste cose insieme, ma immaginai di essere finito ai confini della realtà. Il delirio in cui ero caduto era tutt'altro che concluso. Delirio puro la telefonata di Vivida, delirio quella che io avevo fatto al mio socio, delirio aver guidato fino a lí col serbatoio in riserva.

Ne ero convinto quando il tempo, benevolo, mi soccorse.

Tic.

Rumore di lancette d'orologio da qualche parte?

Tac.

No.

Tacchi.
Tic, tac.
Cadenzati, lenti, un incedere regale per alimentare l'attesa, portarla quasi al limite del parossismo.
Comparve, infine, sospesa sulla vertigine di quei tacchi.
Meglio, apparve.
I mobili si zittirono.
Nonostante il freddo, indossava lo stesso abito lungo azzurro con cui l'avevo vista la prima volta. Era un segnale?
La scorsi dai malleoli in su.
– Allora? – chiese.
Ero senza parole.
– Vogliamo ricominciare dall'inizio? – chiese ancora.
Mi uscí un «sí» come se mi scricchiolasse la laringe.
– Baciami, stupido! – ordinò.
Ma non era il titolo di un film?
Evitai di dirlo.
E anche volendo non avrei potuto, perché non si può parlare mentre si bacia la donna dei propri sogni.

13.

Da quella sera un vento propizio cominciò a soffiare sulle mie giornate. Non trovo paragone migliore per spiegare, per esempio, come il mio socio non mi fece telefonate minacciose il giorno dopo, nonostante gli avessi lasciato la macchina in riserva fissa. D'altronde, dopo quel bacio, avevo perduto ogni contatto con la realtà, mi sembrava che tutto ciò che non riguardava lei, noi, avesse ben poca importanza. E, si noti bene, dopo *un solo* bacio, perché Vivida, nonostante un paio di miei tentativi per replicare, non me ne concesse altri.

«Un passo alla volta», aveva detto.

Se dovevamo iniziare una relazione, dovevamo farlo coi dovuti modi, cancellando ciò che era accaduto sino a quel momento e partendo da capo, conoscendoci giorno dopo giorno, settimana dopo settimana.

E appunto dopo qualche settimana un nuovo colpo di fortuna capitò: la mia domanda di assunzione presso un'azienda sanitaria era stata accolta. Era un posto da medico scolastico. Non un gran che, con tutto il rispetto, se confrontato con l'ambizione di entrare stabilmente in qualche reparto ospedaliero. Ma significava uno stipendio fisso e la possibilità di cominciare a contrarre debiti, cosa che feci immediatamente per acquistare una macchinetta di seconda mano che si prese una certa quota del mensile per i sei mesi seguenti, prima di diventare mia a tutti gli effetti. Era una notizia che non potevo tenere solo per me e ne volli informare i miei genitori venendo meno a una regola che avevamo sottoscritto al momento in cui erano partiti per la Tunisia: nessuna nuova, buona nuova. Scrissi loro due righe all'indirizzo cui avrei dovuto comunicare solo cattive nuove e attesi due settimane per ricevere in risposta la solita cartolina – «Genere marinaro», specificò il postino – sulla quale mamma e papà, con grande spreco di letteratura, avevano scritto «Buon lavoro», risparmiando l'inchiostro per le firme.

Tornando alla macchina, quando la vide la prima volta Vivida non poté trattenersi dal ridere, sostenendo che le ricordava certe automobili dei fumetti di suo fratello, Topolino nella fattispecie. Non aveva tutti i torti.

Il carrozziere che me l'aveva procurata, un accumulatore seriale di catorci e pezzi di ricambio tra i piú vari, aveva utilizzato un cofano blu scuro per completare il resto, che invece lui aveva definito «begiolino», strascicando la G.

Emetteva qualche scricchiolio, le portiere gemevano, ma: «Il motore, il motore», mi aveva detto agitando la mano per aria.

A patto che non mi fossi mai dimenticato di controllare l'olio – ne consumava un po' troppo – mi avrebbe portato in capo al mondo!

Con filosofica nonchalance risposi a Vivida che, per quanto mi riguardava, una macchina doveva essere uno strumento al servizio dell'essere umano. Mi rispose che era d'accordo. Tuttavia c'era un limite a tutto, aggiunse, perciò per andare in giro avremmo usato una delle sue.

Guidava lei quando uscivamo, una volta alla settimana all'incirca, e la cosa un poco mi infastidiva. Ma era lei che conosceva alla perfezione la geografia dei locali per nottambuli, perciò affrontai quel periodo come una sorta di apprendistato. Quando però mi sentii pronto per quello che ormai ritenevo essere una specie di esame per ottenere la patente del *bon vivant*, e mi proposi di fare io da autista per andare nel tal bar, Vivida mi spiazzò. Una noia mortale frequentare sempre gli stessi posti, osservò. Non lo credevo anch'io? Lei si era già informata su un ristorante appena aperto, su un pub davvero carino, su una discoteca... Insomma continuò a guidare lei – il ruolo di maschio al volante proprio non me lo voleva concedere – scarrozzandomi come sempre in quel certo ristorante di cui mai avevo sentito parlare, nel locale davvero carino e, ahimè!, talvolta in qualche discoteca, dalla quale uscivo infuriato perché ballare non rientrava nelle mie propensioni. Alla sola idea di agitarmi su una pista era come se mi sdoppiassi: immaginavo un io danzante e l'altro io seduto che mi guardava per farmi notare quanto fossi ridicolo, poco dignitoso, roba da vergognarsi. Vivida invece ci sapeva fare e ci dava dentro, con me inchiodato sulla sedia, insensibile ai suoi inviti, ingrugnato e geloso del bell'imbusto di turno che si faceva avanti credendola sola.

Sulla strada che, nell'arco del tempo usato per conoscerci sempre meglio (sempre meglio?), ci portò all'altare, la discoteca fu un inciampo che rischiò di aprire una crisi. Dopo una di quelle serate, infatti, mi riuscí difficile contenere il malumore (era successo che Vivida avesse ballato un paio di lenti con lo stesso soggetto, che poi le aveva anche offerto da bere e lei aveva accettato. Ma, dico io, poteva rifiutare, no?) e durante il ritorno a casa misi giú un bel muso, replicando con grugniti alle sue domande. La conseguenza fu che, al momento dei saluti, Vivida anziché lasciarsi baciare – anche a lungo – come al solito, decise di mettere le cose in chiaro.

Se volevamo andare avanti d'amore e d'accordo bisognava che accettassimo le rispettive differenze. Nel caso specifico, affermò, visto e considerato che andare con me in discoteca equivaleva a portarsi dietro un parente minorato (usò proprio queste parole), da lí in avanti ogniqualvolta le fosse venuta voglia di ballo si sarebbe fatta accompagnare da qualche sua amica. E lo stesso avrei dovuto fare anch'io, aggiunse... Cioè, non andare in discoteca con qualche mio amico, ma trascorrere una sera ogni tanto con altri facendo ciò che mi divertiva.

Una coppia moderna deve avere i suoi spazi di libertà, guai a diventare succubi l'uno dell'altra!

Fu piú o meno la stessa frase che propinai al mio socio, quello che un tempo mi prestava la macchina, una sera in cui Vivida, tarantolata, mi lasciò a piedi.

Era sabato e lui si meravigliò, sentendomi al telefono. Non che ci fossimo persi di vista, ma dal momento in cui mi ero, come diceva lui, lasciato mettere il guinzaglio, i nostri erano stati incontri brevi, occasionali. Alla mia proposta di farci un giro quella stessa sera, rispose pacatamente che, siccome con la macchina ci lavorava l'intera settimana, «Al venerdí ho il culo piatto», semplificò; in pratica, il sabato e la domenica evitava con cura anche solo di guardarla. Se mai potevamo cacciare quattro balle al bar. Difatti fu al bar che dispiegai la mia larghezza di vedute quando lui mi chiese come mai, essendo sabato, non fossi con la morosa.

– E che caspita, una coppia moderna deve avere i suoi spazi di libertà! – risposi. Mi inventai lí per lí una festa di compleanno a casa di Vivida (se avessi nominato la discoteca il mio socio avrebbe di sicuro elencato i rischi di lasciar andare una donna sola soletta in locali del genere),

sbuffai aggiungendo che simili rotture di coglioni preferivo evitarle ed esagerai affermando che avevo detto a Vivida che mi mancava da troppo tempo una serata con il mio vecchio amico. Tanti auguri al festeggiato e...
– E cosí eccomi qui, – conclusi.
– Non ti facevo tanto duro, – si sorprese lui.
– Mai dire mai, – sorrisi.
– Non è il titolo di un film? – chiese.
– Boh, – risposi.
Era piú importante rispondere a un'altra domanda. Adesso che eravamo lí, al bar, cosa potevamo fare? Appunto, cosa potevamo fare?

Dopo circa tre ore ero a casa, sul letto, vestito, e mi girava tutto. I primi bicchieri mi avevano esaltato, al punto che avevo detto al mio socio che dovevamo passare piú spesso serate del genere. Sí, era magnifico avere una donna ed esserne innamorato, ma era uno stato che ti faceva capire anche quanto valesse avere un amico con il quale staccare, parlare d'altro, da cui farsi raccontare novità, pettegolezzi. Gli altri – bicchieri, intendo – avevano invece via via spento entusiasmo e voglia di chiacchierare. Quando il dialogo si ridusse a una serie di «Mah!», «Boh», «E va be'» fu il mio socio a buttare lí che per lui s'era fatta l'ora della ritirata. Già da un po', stante l'impasse della conversazione, il pensiero che Vivida stesse ballando con chissà chi mi rodeva.
– Alla prossima, – mi salutò lui.
In quel momento non lo distinguevo tanto bene, era un po' sfocato. Gli risposi con un cenno.
Non fossi stato cosí in bambola, arrivato a casa avrei immediatamente telefonato a Vivida, senza tener conto dell'ora. Fu lei invece a chiamarmi, la mattina dopo. Non erano ancora le otto.

– Ci vediamo oggi?
Fui lí per chiedere che giorno fosse. Invece risposi: – Sí, – e feci bene, anche se a rigor di logica avrei dovuto dormire, bere litri d'acqua per detossicarmi e giurare che mai piú avrei superato certi limiti con un bicchiere in mano.

Giunsi da lei nel primo pomeriggio. Era una domenica di fine inverno, sole tiepido, timido e incerto come i miei movimenti; nell'aria il rumore di qualche moto, le prime dopo il letargo. Avevo impiegato parte della mattina a farmi certi massaggini sotto gli occhi per cercare di eliminare due vesciche dove probabilmente s'era accumulato alcol che non aveva trovato altro luogo disposto a ospitarlo. Il risultato fu che Vivida le notò immediatamente.
– Seratona eh! – fece con un'aria stizzita.
Mentii spudoratamente.
– Come no.
Telegiornale, elencai, un filmetto alla tivú, non tutto perché era una palla, poi a letto.
– Alle dieci già dormivo.
Quelle borse, il risultato.
– Davvero? – si stupí.
Mi strinsi nelle spalle, confermai.
– Tu invece? – chiesi a mia volta.
– Io niente! – sbottò.
In che senso?
Nel senso, mi disse, che anche lei era rimasta in casa tutta la sera. La sua amica all'ultimo momento gliel'aveva data su, mal di pancia o una bugia analoga. E il bello era che la cosa non le era dispiaciuta nemmeno un po', perché anche lei era stata tentata dall'idea di rifilarle una balla visto che le era passata la voglia di andare per discoteche, locali o roba del genere.

– Potevi chiamarmi, – osservai.
– No, – disse. L'idea non l'aveva nemmeno sfiorata, non voleva rovinarmi la serata poiché pensava che mi fossi organizzato.
Piuttosto ne aveva approfittato per stare a casa e riflettere un po'.
– Su noi due, – chiarí in tono grave.
Mi misi in all'erta.
Decidere cosa fare in un senso o nell'altro, insomma.
– Cosí non possiamo andare avanti, – proseguí.
Un progressivo senso di stanchezza, esito della seratona col mio socio, si stava insinuando dentro di me: non solo nei muscoli, anche nell'animo, anzi soprattutto lí mentre Vivida continuava a elencare i risultati delle sue riflessioni, che consistevano in una revisione critica di ciò che era stata la sua vita sino a quel momento: i momenti passati con me, il tempo che correva veloce («Era Natale ieri e dopodomani è già Pasqua!»), la necessità di non perderne altro e di guardare al futuro.
– Per il bene di entrambi, – affermò.
Sparami, pensai, e facciamola finita.
– In conclusione… – disse con un sospiro.
Camminai su quei tre puntini di sospensione deciso a compiere anche il passo che mi avrebbe fatto cadere nel vuoto.
– … ho stabilito che mi vai bene, – riprese Vivida, – e che mi voglio fidanzare con te.
Fidanzare?
Ma si usavano ancora termini del genere?
E ci sarebbe stata anche una cerimonia ufficiale? Magari con i suoi parenti, quelli intravisti nella famosa foto sul giornale, compresa la bisnonna stralunata?
Evitai di sollevare obiezioni.

– Pensavo che lo fossimo già, – dissi invece.
– E no, caro, – rispose lei. – Mica puoi decidere tu quando mi devo fidanzare e con chi.
– Giusto, – mi scappò di bocca.
– Questa sera lo annuncerò in famiglia, – mi informò, manco fosse un decreto ministeriale. – Ma volevo che prima ne fossi informato tu.

Gentile, no?, essendo io il soggetto direttamente interessato.

Per il resto del pomeriggio, formalizzata la nostra situazione di fidanzati finalmente ufficiali, passeggiammo come tali fino a che l'arietta rinfrescò. Tutto quel camminare mi fece bene, poiché eliminò quasi del tutto le scorie della notte precedente. Tra l'altro imparai un paio di cosette sulla sua famiglia: sua madre, che fino a quel momento avevo chiamato tra me Nonna Abelarda, in realtà si chiamava Veranda, suo fratello, da sempre l'Imbecille, I maiuscola, Fuscino. Non osai chiedere del genitore per il rispetto che si deve ai morti.

Dal giorno seguente scoprii che i fidanzati, se non riescono a vedersi, devono telefonarsi perlomeno una volta al giorno, fosse anche solo per augurarsi la buonanotte.

14.

Non ci fu, per fortuna, alcuna cerimonia di fidanzamento. Tempo perso. Non quello della cerimonia, quello del fidanzamento. Almeno cosí la pensava, e lo spiegò, Nonna Abelarda, pardon, Veranda, in una delle tante sere che seguirono. Sera di pioggia in cui, anziché uscire, io e Vivida restammo in casa con l'Imbecille, pardon, Fuscino, e la padrona di casa, che ormai proteggeva il suo cuore affaticato stando in poltrona la maggior parte della giornata a ricordare i bei tempi andati.

Tempo perso dicevo, a suo giudizio, quello del fidanzamento; lei e suo marito s'erano conosciuti e nel giro di un mesetto, *tac!*, erano bell'e che sposati, cosí avevano avuto la possibilità di mettere su famiglia. Perché mica si poteva sapere cosa ci riservava il destino, bastava vedere la fine che aveva fatto quell'uomo, di cui continuavo a non chiedere, e perciò a non sapere, il nome.

– Maledetto trattore!

Né io né Vivida obbiettammo nulla, sebbene non fossimo d'accordo, e da quel giorno, di tanto in tanto, piovesse o splendesse il sole, Veranda prese a tornare sull'argomento. Talvolta, soprattutto quando il dottore passava a darle una controllatina, tirava in ballo il suo cuore affaticato e aggiungeva che sapendoci sposati avrebbe chiuso per sempre e in pace gli occhi. La cosa strana fu che, pur sapendo che anch'io ero un medico, non mi chiese mai di

darle un'auscoltatina o anche solo di misurarle la pressione. Vivida sosteneva che fosse perché ormai mi vedeva come uno di famiglia.
– Va bene, – obiettavo io, – ma dov'è scritto che uno di famiglia non può essere anche un medico?
– Uno di famiglia è un parente, no? – rispondeva lei.
E dei parenti era sempre meglio non fidarsi troppo. Chiusa la questione.

Il tempo del fidanzamento si dimostrò invece non solo utile, ma necessario. A Vivida, soprattutto, poiché con la madre ridotta a pura consulente e consigliera doveva diventare a pieno titolo la responsabile dell'azienda di famiglia. Aveva già una bella esperienza sul campo, ma le mancava quella piú schiettamente gestionale: burocrazia, bilanci, contatti, contratti e contrattazioni. Al matrimonio voleva arrivarci con la mente sgombra da ogni preoccupazione di lavoro, e io non potevo che essere d'accordo.

Per parte mia ero sereno, le cose mi andavano abbastanza bene. L'unico problema che avevo, ammesso che fosse un problema, era decidere se avvisare i miei del matrimonio caso mai avessero voluto lasciare per un paio di giorni la Tunisia. Per farlo, comunque, dovevo avere informazioni certe, e l'unica certezza poteva darmela lei, Vivida, quando, finalmente padrona del suo ruolo lavorativo, si sarebbe detta pronta per assumersi anche quello di moglie.

Giunto il momento infransi per la seconda volta, e fu l'ultima, la regola nessuna nuova, buona nuova. Scrissi loro: «Mi sposo», indicando il giorno, il mese e anche l'anno, perché li conoscevo fin troppo bene.

– A maggio vanno in amore anche gli asini.
Senza offesa.

Fu quello che il mio socio disse quando gli chiesi se davvero voleva farmi da testimone alle nozze di lí a due mesi, maggio appunto. Era passato un anno e poco piú da quella fatale domenica. Secondo Vivida, ormai saldamente al comando della sua impresa, un tempo piú che sufficiente per passare dal purgatorio del fidanzamento al paradiso del matrimonio. Il mio socio sosteneva che il matrimonio è un suicidio e a quanto ne sapeva i suicidi vanno all'inferno.

– Però sei libero di impiccarti all'albero che piú ti piace, – concluse, macabro e metaforico.

Qualcosa di simile me l'aveva già detto in un'altra occasione, gli feci notare.

– Magari te l'eri dimenticato, – ribatté lui.

Per il resto, se ero deciso, ben volentieri mi avrebbe fatto da testimone.

– Però dopo non venire a lamentarti con me.

Ma dopo cosa?

Non fosse stato cosí pragmatico gli avrei volentieri descritto i mesi che avevo alle spalle, sorta di sogno a occhi aperti. L'immagine che mi piaceva coccolare era quella di vivere in una bolla dentro la quale tutto ciò che stava fuori, voci, rumori, entrava con misura in modo da non alterare il mio stato di beatitudine. Persino i bambini che mi toccava visitare in questa o quell'altra scuola avevano cominciato a diventarmi piú simpatici. E di chi era il merito, se non di Vivida che a poco a poco aveva dimostrato di essere un'altra persona? La vera Vivida che si era sempre nascosta sotto una corazza? Fossi stato piú attento, piú intuitivo, avrei compreso molto prima che certi suoi atteggiamenti non erano che manovre difensive. Orfana di padre, con una madre invecchiata prematuramente e acciaccata, un fratellino capriccioso e svogliato e la prospettiva di doversi caricare l'azienda di famiglia sulle spalle, aveva tutte le ragioni per muoversi con cautela anche nel campo delle relazioni intime. Piú volte le chiesi scusa per avere frainteso certi suoi comportamenti, piú volte lei si scusò di rimando per avermi maltrattato al solo scopo di mettermi alla prova. In quei momenti di confessione reciproca diventavamo due ridicoli piccioncini. Ridicoli, ovviamente, se uno sguardo estraneo ci avesse spiato, ma per quanto ci riguardava erano istanti di immacolata intesa, una garanzia posta su un futuro di vita comune che sarebbe cominciato con il matrimonio.

Perciò avrei voluto chiedere al mio socio, dopo cosa?

– Uomo avvisato, – ribadí lui il giorno delle nozze, il secondo sabato di maggio, dimostrando di essere sempre fermo nelle sue convinzioni.

Ero appena salito sulla sua macchina tirata a lucido; di usare la mia per un'occasione del genere non era stato nemmeno il caso di parlarne: mica era carnevale. La sua, quindi, lavata, ripulita, profumata e incerata da un benzinaio del luogo che su richiesta forniva quel tipo di servizio: bisognava solo pregarlo e pagarlo. A pregarlo ci pensò il mio socio, a pagarlo io.

Come mi fui accomodato gli schiacciai l'occhio.

Lui inserí la chiave, ma prima di avviare il motore attese. Mi guardò.

– Sicuro? – chiese.

– Cammina, cammina, – dissi.

Non era il titolo di un film?

L'addobbo della chiesa, *savasandir*, fu opera di Vivida. Ma fu anche un magistrale colpo di genio. Poiché quel sabato, prima del nostro, si celebrava un altro matrimonio, e la mia quasi sposa aveva concordato con la coppia che ci precedeva una divisione della spesa: metà loro e metà lei. I due avevano accettato, senza sospettare che la loro metà era il prezzo intero e copriva anche la nostra. Ringraziarono pure.

Circa gli invitati, eravamo d'accordo da tempo: solo famigliari stretti. Per quanto mi riguardava, a parte il mio socio testimone, non avevo nessuno, visto che dalla Tunisia i miei genitori mi avevano fatto sapere che, per un evento tanto normale – prima o poi tutti si sposano, no? – come il matrimonio del loro unico figlio, non pareva loro il caso di sobbarcarsi un viaggio simile. Però mandarono un telegramma di auguri. Vivida, invece, invitò tutti coloro che avevo visto in quella famosa foto sul giornale, quando avevano festeggiato la bisnonna ultracentenaria. Proprio tutti, perché c'era anche lei. Ormai millenaria, credo, al di là del bene e del male, oltre lo spazio-tempo e completamente fuori di testa. Quando entrai in chiesa era già lí, in carrozzella.

– Chi è morto? – la sentii chiedere.
– Nessuno, – le rispose l'infermiera che la guidava. – È un matrimonio, si sposa la vostra pronipote.
– Oh, poverina! Quanti anni aveva?
– Ma no, non è morta, – spiegò quietamente l'infermiera, – si sposa. Ecco, – proseguí indicandomi, – quello è il marito.
– È il morto? – fece la bisnonna.
– Toccati, – sussurrò il mio socio.

In chiesa?

Lo fece lui per me, mentre il fossile cominciò a gemere qualche lacrima che l'infermiera prontamente le asciugava, tentando nel contempo di convincerla che non si trattava di un funerale.

Aspettammo, come da prassi, una bella mezz'oretta, poiché la sposa deve sempre arrivare in ritardo. Il mio so-

cio la impiegò raccontandomi un paio di barzellette e ripetendo che ero ancora in tempo per cambiare idea: bastava uscire da una porta laterale, salire in macchina e ciao ciao bambina.
Infine disse: – Senti?
– Cosa?
– Ascolta bene.
Aguzzai l'udito.
Lui rise.
– Hai sentito?
Sí, avevo sentito. Lontani eppure abbastanza chiari: ragli d'asino.
Stavo per dire qualcosa, ma fui interrotto dall'arrivo di Vivida. Un applauso degli invitati che erano fuori ad attenderla coprí ogni altro rumore, poi partí l'organo con relativa marcia nuziale. A tal proposito, tanto per dare un tocco di raffinatezza al momento, avevo chiesto all'organista se poteva suonare quella di Wagner. In risposta avevo ottenuto un punto interrogativo. Wagner aveva composto una marcia nuziale? Non lo sapeva, s'era scusato. Lui ne conosceva una sola, quella che faceva, *tàrattatà, tàrattataa...*
– Quella di Mendelssohn, – avevo precisato.
– Vogliono tutti quella, – aveva ribattuto l'organista.
Sul *tàrattataaa* mi alzai e mi appressai all'altare guardando Vivida avanzare verso di me. Era splendida, di bianco vestita, al braccio di Nonna Abelarda, pardon, sua madre Veranda, che per l'occasione s'era messa in testa un cappellino che pareva un nido d'uccello. S'era anche truccata, ma avrebbe fatto meglio a evitare secondo me. Dietro veniva l'Imbecille, pardon, Fuscino, travestito da paggetto; avanzava reggendo un vassoio con le fedi nuziali.

Se ci fu un momento in cui l'ala della tristezza mi accarezzò fu quando vidi gli invitati di Vivida disporsi nelle panche dal suo lato, mentre quelle dal mio restarono desolatamente vuote. La Tunisia, i suoi deserti. Immaginai di occupare quei posti orfani con tutte le cartoline ricevute, ma non le avevo nemmeno conservate. Scacciai il pensiero mentre, finita la musica, la voce della bisnonna si levò di nuovo.
– La bara dov'è?
– È un matrimonio, – ripeté un po' stizzita l'infermiera.
– Ma chi è morto? – di nuovo la bisnonna.
– Basta adesso, – ordinò l'infermiera.
Il sacerdote stava uscendo dalla sagrestia. Guardai Vivida e lei guardò me. Ci parlammo con gli occhi.
Gli occhi, appunto.

Confesso che non mi sentivo presente come pensavo avrebbe dovuto essere uno che si sposa per la prima volta, vivendo un'esperienza che, in teoria, dovrebbe essere unica e irripetibile. Cercavo di concentrarmi sulle parole del sacerdote, ma dopo un po' mi lasciavo distrarre dai colpi di tosse, dai singhiozzi o anche, semplicemente, da chi si soffiava il naso alle mie spalle. Ci si mise pure la bisnonna, a un certo punto, che, sempre convinta di presenziare a una cerimonia funebre, decise di ricominciare a piangere pur continuando a ignorare chi fosse il defunto. Naturalmente non davo mostra del mio stato, guardavo fissamente il prete, le sue labbra da cui uscivano parole che scappavano subito chissà dove, e di tanto in tanto sbirciavo di lato per scrutare il profilo di Vivida sotto il velo che ne ricopriva il viso. Capii che dovevo darmi una regolata quando alle mie spalle udii un singhiozzo di rara potenza seguito da un sospiro. Il momento cruciale della cerimonia si avvicinava, e qualcuno lo stava vivendo con particolare emozione. Infatti il sacerdote era giunto alla domanda fatidica, quella che riporta alla mente certi film strappalacrime dove lui e lei, al termine di una serie di disavventure e incomprensioni, realizzano infine il loro sogno d'amore. Come Vivida e me, appunto.

– Vuoi tu, insomma, – mi stava chiedendo il celebrante, – prendere come legittima consorte la qui presente...

Non ricordo alla perfezione la formula, quella che cita salute e malattia e si chiude con la separazione della morte di uno o dell'altra. Ma fu proprio prima di inoltrarsi in quell'elenco di domande che il sacerdote si bloccò perché colto da un dubbio.

Disse: – Vi... – e poi tacque, guardando prima me, poi lei.

Compresi al volo quello che si stava chiedendo.

Vívida o Vivída?

L'accento.

Il prete aspettava un suggerimento.

Avrebbe potuto darglielo lei e la faccenda si sarebbe chiusa lí. Invece Vivida sollevò il velo e si voltò verso di me. Di lí a poco sarei stato suo marito, l'uomo di casa, colui che per primo avrebbe dovuto affrontare difficoltà e problemi. A cominciare da quello. Io ancora non la stavo guardando, avevo la bocca semiaperta, sentivo le labbra tremare, nella condizione che talvolta avevo sperimentato durante l'università di fronte a una domanda cui un'amnesia dovuta all'ansia aveva tolto la risposta ben nota fino a poco prima. Mi girai verso di lei per cercare un aiuto, per uscire dall'impasse.

La guardai negli occhi.

Gli occhi, ecco.

Come posso descrivere ciò che lessi nel suo sguardo?

Conteneva il freddo silenzio che segue l'annuncio di una condanna a morte, era lo sguardo di chi ordina senza dover parlare. Ci vidi sua madre, tornata a essere Nonna Abelarda, e le sue unghie a lutto; suo fratello l'Imbecille e un'infinita serie di serate passate a guardare l'insopportabile Charlot. Vidi quei mobili immusoniti e tristi per il destino che era toccato loro e contro il quale, essendo mobili, nulla potevano fare. Ma soprattutto vidi la Vivida degli esordi prendere il sopravvento su quella che si era sostituita a lei nell'ultimo periodo. Quegli occhi puntati nei miei mi stavano dicendo che una sola era la vera Vivida, e ora mi stava fissando algida come un ghiacciolo mentre io, a un passo dal baratro, stavo per condannarmi a una vita d'inferno.

Per fortuna c'era il mio socio. Pure lui aveva scrutato lo sguardo di Vivida. Se ci avesse letto le stesse cose che avevo letto io non posso affermarlo. Tuttavia, dimostrando una capacità insospettabile sino ad allora, intuí il pericolo che mi stava di fronte e la necessità di fare qualcosa per salvarmi. Sia dunque benedetto il suo senso pratico e la sua attitudine a entrare in azione senza perdere tempo.

Mi prese sottobraccio, scuotendomi.

– Andiamo, – disse.

– Dove? – chiesi io.

– Via, no? – rispose.

Adesso o mai piú.

Capivo o no che stavo per cadere in una trappola dalla quale non sarei mai piú uscito?

Vivida continuava a guardarmi. Il sacerdote era pietrificato. Gli invitati, immersi in un silenzio palpabile, non capivano quanto stesse accadendo. Pure la bisnonna aveva sospeso i singhiozzi. Il primo passo me lo strappò il mio socio dandomi uno scossone.

– Dài, però, – sbottò.

Mica poteva trascinarmi fuori dalla chiesa di peso. Guardai Vivida un'ultima volta, non mosse un muscolo, solo con gli occhi continuava a tenermi nel mirino. Allora chinai il capo e, senza guardare gli invitati, mi incamminai.

All'improvviso sentii la bisnonna domandare se adesso sarebbero andati al cimitero, e scorsi l'infermiera che apriva la bocca...

15.

Non so cosa dica l'infermiera, poiché a quel punto mi sveglio e la prima cosa che faccio è guardare se nel letto accanto a me c'è la mia Vivida.
– Ancora quel sogno? – chiede lei che ha il sonno leggero.
Un incubo, a volerlo chiamare col suo nome. Mi capita, non tanto spesso, soprattutto le sere in cui sono molto stanco. Ci scherzo anche sopra, a volte, lo dico a Vivida.
– Vuoi vedere che stanotte sognerò di averti abbandonata all'altare?
– Non saresti arrivato vivo al sagrato, – ridacchia lei.
Perché le cose sono andate in tutt'altra maniera. Vero è che il sacerdote ebbe un istante di impaccio nel leggere il nome della mia sposa, ma non esitai un attimo a ricordargli dove cadeva l'accento.
– Vívida, – dissi, ammiccando alla mia sposa, e lei mi rispose soffiandomi un bacio.
– Grazie, – rispose il sacerdote, e riprese la cerimonia che proseguí fino alla fine al pari di tante altre. Mi toccò l'abbraccio di Nonna Abelarda, pardon, di Veranda, qualche stretta di mano callosa, l'insistenza dell'Imbecille, pardon, di Fuscino, che da quel momento pretese di chiamarmi zio. L'altra cosa realmente accaduta, che non so come possa prendersi la libertà di inserirsi in un sogno, è che davvero all'uscita – mentre tenevo sottobraccio la mia fresca moglie, non il mio socio – la bisnonna chiese se

adesso si sarebbe andati al cimitero. E l'infermiera rispose che no, si andava tutti al ristorante.

– *Ristorante Fuoco Morto,* – specificò.

Si chiamava cosí perché era rinato sulle ceneri di un incendio che lo aveva distrutto una ventina di anni prima.

La bisnonna sorrise, finalmente soddisfatta di avere a che fare con qualcosa di funebre.

Il resto della giornata è facile da immaginare quanto noioso da raccontare, la trama dei matrimoni ha uno schema rigido con passaggi obbligati cui non ci si può sottrarre. Alla fine il mio socio, bello in palla poiché s'era trovato a suo agio con la parte maschile degli invitati, pur incespicando nelle parole volle stringermi fra le braccia e augurarmi ogni felicità. Lo fece alla sua maniera.

– Cazzi tuoi adesso! – mi sussurrò all'orecchio.

Non posso negare che all'inizio, per abituarmi alla condizione di marito, ho avuto necessità di ricorrere a qualche aggiustamento, piú mentale che altro. Ma credo che sia normale quando i ritmi quotidiani cambiano all'improvviso; nel mio caso a maggior ragione, partendo io da una condizione di singolo al massimo grado. Niente, comunque, che abbia creato autentici problemi nel ménage: tutto fila liscio. Posso dire, senza tema di essere smentito, che siamo felici. Talvolta Vivida me lo chiede, vuole sentirselo dire, e io glielo confermo: sono felice.

Soprattutto da quando ho deciso (ho deciso?) di abbandonare l'attività di medico per dare una mano nell'azienda di famiglia, giacché il lavoro è tanto, i dipendenti costano e pare pretendano addirittura le ferie pagate.

Naturalmente, essendo ignorante di floricoltura e attività affini, sono partito dal gradino piú basso.

Apprendista.

Nota al testo.

La storia di Vivida è comparsa in forma diversa, ridotta e a braccetto con le opere del pittore e amico Giancarlo Vitali per i tipi dell'editore Cinquesensi nell'anno 2014.

Questo libro è stampato su carta certificata FSC®
e con fibre provenienti da altre fonti controllate.

Stampato per conto della Casa editrice Einaudi
presso ELCOGRAF S.p.A. - Stabilimento di Cles (Tn)

C.L. 24905

Edizione							Anno			
2	3	4	5	6	7	8	2021	2022	2023	2024